CHILDHOOD'S END

童年的终结

[英]阿瑟·克拉克 著
于大卫 译

U0862916

ARTHUR C. CLARKE

江苏凤凰文艺出版社
JIANGSU PHOENIX LITERATURE AND ART PUBLISHING, LTD

目　录

读客

读客外国小说文库

熊猫君激发个人成长

第一部分

/大地与超主

01

每次飞往发射场之前，海伦娜·莉娅霍芙总是会做一个相同的仪式。不是只有她一个宇航员这么做，只不过谁也不说罢了。

离开管理局大楼的时候天色已晚，她穿过松林，走到那座著名的雕像前。天空瓦蓝如洗，满月高悬。海伦娜不禁举目望向雨海[①]，几周前在阿姆斯特朗基地（现在都叫它“小火星”）训练的事情又浮上脑海。

“你在我出生前就去世了，尤里[②]。你所处的年代是冷战时期，我们国家还笼罩在斯大林的阴影里。如果你活着，听到

① 雨海（Mare Imbrium）：月球面积最大的月海。
② 指尤里·加加林（1934—1968），苏联宇航员，第一个进入太空的人。

恒星村到处都是外国口音，会作何感想？我觉得你肯定会很高兴的……

“要是你能看见我们正在做什么，我想你一定会高兴——你要是能活到现在，也一定已经是个老人了。作为最早进入太空的人，你没活到看见人类在月球上行走，真是天大的遗憾！不过，你也一定梦想过火星吧……

“现在我们已经准备好了去那儿，从此开启一个新纪元，那是康斯坦丁·齐奥尔科夫斯基[①]一百年前的梦想。等我们再见面，我会有好多事情告诉你的。”

她往自己办公室走去，半路上一辆满载游客的大巴猛地停在了她身边。门开了，乘客蜂拥而出，纷纷举起照相机。她这个火星探险副指挥所能做的，就是让脸上露出那种应付公众的微笑。

连一张照片还没有来得及拍，大家纷纷伸手指着月亮，连嚷带叫起来。海伦娜连忙回头，看见月亮消失在天空划过的一片巨大阴影后面。平生第一次，她感到了对上帝的恐惧。

行动指挥莫汉·卡利尔站在火山口边，越过凝结的熔岩之

① 康斯坦丁·埃杜阿尔多维奇·齐奥尔科夫斯基（1857—1935），俄国和苏联科学家，现代航天学和火箭理论的奠基人。

海望着喷火口的远端。这等巨大规模的场面让他无法掌控，更不能想象是怎样一种力量让潮水般的熔岩涌来荡去，留下这墙垣和梯台状的地貌，一层层铺展在他面前。不过，从现在起，不出一年，他将要面对的另一座巨大火山能把眼前的一切全装进去——夏威夷的基拉韦厄火山只能算是火星上奥林帕斯火山的一个小模型，他们所做的全部训练和准备可能都不足以应付现实情况。

他回想起2001年美国总统宣誓就职那天的情形，总统仿照四十年前肯尼迪的那句承诺“我们要到月球上去！”，宣称这个世纪是“太阳系的世纪”。他信心十足地预言：2100年到来之前，人类将造访绕太阳运行的各大行星，并至少在其中一颗上长久居住下来。

初升的阳光捉住了熔岩裂缝中逸散出的一缕缕蒸气，让卡利尔博士想到“夜迷宫”[①]上聚集的晨雾。这让他切实地感到自己已经带领来自六个国家的伙伴登上了火星。眼下，还没有哪个国家有能力单独登陆火星。

他返身朝直升机走去，这时，突然有什么东西在眼角一闪而过，让他预感到了什么。他停下脚步，疑惑地回头看了看火

① “夜迷宫”（Labyrinth of Night）：火星峡谷上如蛛网一般交叉的水文特征。

山口，接着又朝天上望去。

跟海伦娜·莉娅霍芙的感觉一样，此时此刻，莫汉·卡利尔意识到人类历史已经走到尽头。一群闪闪发光的魔怪游弋在高高的云端之上，他不敢妄断那距离到底有多远——与天空中的这些巨怪相比，停在拉格朗日发射场的那几艘宇宙飞船就好似原始的木筏。短短的一瞬变得十分漫长，莫汉就像全世界的其他所有人一样，看着那些庞大的飞船带着无法抵御的威严慢慢降落。

他感到自己毕生的成就被一扫而空，但这并不让他感到惋惜。他辛苦工作，为的是把人类送上外星，现在，这些外星，这些冷淡、漠然的外星自己找上门来了。

这正是历史屏息凝神，现在从过去中撕裂出来的时刻，就像冰山脱离它的母体，傲然独自漂向大海。过去一个个时代的成就现在已一文不值。莫汉的脑子里一再回响的只有一个念头——

人类已不再孤独。

02

联合国秘书长一动不动站在巨大的窗户旁边，俯瞰第43街上拥堵的车流。他时常怀疑一个人远离同类，如此孤高地在这里工作到底是好是坏。遗世独立虽说不错，但容易让人变得冷漠。也许这不过是为自己厌恶摩天大楼在找理由？他在纽约生活了二十年，这种厌恶丝毫未减。

他听见身后的门开了，皮特·凡·瑞伯格走了进来，但他并没有回过头去。皮特看到调温器后不由停住脚步，上面的读数让他十分不解，那表明秘书长喜欢在冷藏箱一样的温度里待着。斯托姆根秘书长等自己的助手也站到窗边，才从下面那迷人的景观上收回视线。

“他们迟到了，”他说，“温莱特五分钟前就该到这儿了。”

“刚才警察署通知过了。他带了一帮人马，把路都给堵住了。他马上就会到这儿的。”

凡·瑞伯格顿了一下，然后突然又加了一句：“你还是觉得应该见他吗？”

“我怕现在反悔已经晚了。说到底，我已经同意了，尽管一开始并不是我的主意，你知道的。”

斯托姆根回到他的办公桌边，摆弄着他那块著名的铀石镇纸。他并不紧张，只是有点儿举棋不定。他还为温莱特迟到感到高兴，这样一来，会谈开始时他就会占有一种道德优势。这种小状况能在人类事务中发挥巨大作用，靠逻辑和理念是达不到这个效果的。

“他们来了！”凡·瑞伯格突然说，脸紧贴着玻璃向下观望，“他们从街那边过来了，我敢说不下三千人。”

斯托姆根拿起他的笔记本，又回到窗边。半英里外，一小股人十分坚定地朝联合国总部大楼缓慢行进着。他们举着横幅，由于距离太远无法看清上面写了些什么，但斯托姆根很清楚那上面写的是什么。他能听到人们那不祥的吟唱声，压过了汽车的噪声。一股厌恶之情立时掠过他的全身。在这个世界上，游行的愚民和愤怒的标语口号真是太多了！

这时候人群到了大楼前面：他们知道他正在上面往下看，人群里有人挥舞着拳头。他们不是冲着他，尽管他们都摆出了这样的姿态。就好像矮人族想吓唬巨人一样，这些愤怒的拳头针对的是头顶五十公里以上银光闪耀的云团——那是“超主”的旗舰。

斯托姆根想，卡列伦很可能正在扬扬自得地关注着这一切。没有他这位“监理人”的敦促，这次会议根本无法进行。

这是斯托姆根第一次会见自由团的领袖。他不再去想这次行动是否明智，卡列伦的安排常常十分精明、诡诈，人类那点儿可怜的理解力根本应付不了。往坏里想呢，斯托姆根也看不出有什么害处。如果他拒绝接见温莱特，自由团就会揪住这件事不放来攻击他。

亚历山大·温莱特高大英俊，年纪不到50岁。斯托姆根清楚，这人十分诚实，因而也十分危险。无论对他的立场和他所吸引的一部分追随者抱有何种成见，他那忠厚老实的样子都会让人讨厌不起来。

瑞伯格的引介很简短，甚至有些冷淡。斯托姆根决定抓紧时间。“看来，你这次造访的主要目的是组织一次正式的抗议行动，反对联邦计划。”他说，“我的话没错吧？”

温莱特严肃地点了点头。

“这正是我的目的，秘书长先生。你知道，五年来我们一直努力唤醒人类正视所面临的威胁。这项任务十分艰巨，因为大部分人都乐意让超主按他们的意愿管理我们的世界。不过，仍有超过五百万来自各国的爱国者在我们的请愿书上签名，同意发起抗议。”

“跟二十五亿比起来，这个数字算不上惊人。”

“但也不容忽视。除了签名的人，还有更多人怀疑此项联邦计划是否明智，更不用说是否正确了。就算是监理人卡列伦，无论他多强大，也无法一笔勾销千年的历史。”

“有人知道卡列伦到底有多强大吗？”斯托姆根反驳说，“我小的时候，欧洲联邦还是个梦想，我成年后它已成为现实。这都是在超主到来之前完成的事。卡列伦不过是完成了我们已经开了头的事业。”

“欧洲在文化和地理上是一个整体，但整个世界不是，这就是区别所在。”

“对那些超主来说，地球或许比我们父辈眼见的欧洲还要小，”斯托姆根嘲讽地说，“所以我说，他们的眼界远比我们成熟。”

“跟联邦分庭抗礼不是我的终极目标，哪怕我的很多支持者可能并不赞同这一点。联合应该来自内部，而不是由外部强加上的。我们应该自己掌握命运。不能再任由外部力量干涉人类事务了！”

斯托姆根叹了一口气。这些话他已经听过上百遍了，他的回答也只能是老一套，而自由团根本不打算接受。他相信卡列伦，但自由团的人不信任他。两者间的差别太大了，他对此束手无策。好在即使这样，自由团也闹不出什么乱子。

“我来问你几个问题吧，”他说，“超主们给世界带来了安全、和平和繁荣，这你不否认吧？”

“这没错。但他们夺走了我们的自由。人不能只靠……”

“不能只靠面包活着。不错，这我知道，但人类清楚人人都吃得上面包了，这还是第一次。说到底，与超主们有史以来头一遭带给我们的东西相比，我们到底失去了什么自由呢？”

“在上帝的指引下，掌控我们自己生命的自由。”

我们终于说到问题的实质了，斯托姆根想。不管表象如何，问题实际上是宗教信仰冲突。温莱特从不会让你忘记他是个牧师，尽管他已不再佩戴牧师围领，但总让人觉得他的围领还在那儿。

“上个月，”斯托姆根说道，“基督教主教、天主教红衣主教和犹太教拉比共一百人签署了联合声明，支持监理人的政策。世界上的宗教跟你是对立的。”

温莱特恼怒地摇头反对：“不少宗教领袖有眼无珠，他们已被超主们收买。等他们看清危险的时候，人类早就大势已去，丧失主动权，沦为奴隶了。”

一阵沉默，然后还是斯托姆根说了话：“三天后我要同监理人再次会谈。我会把你的意见带给他，我的职责就是转达地球人的意见。不过，这改变不了什么，这一点我可以肯定。”

“这里还有一个问题，”温莱特慢条斯理地说，“虽然我们对超主们有不少意见，但最主要的还是我们讨厌他们那种神秘兮兮的样子。你是唯一能跟卡列伦交谈的人，可就连你也从未亲眼见过他！那么，我们怀疑他的动机还有什么可奇怪的呢？”

“你不在乎他为人类做了那么多好事？”

“对，不在乎。我不知道是什么更让我们痛恨，是卡列伦的万能力量还是他的故作神秘。既然没什么好隐瞒的，为什么他从不露面？斯托姆根先生，下次跟监理人谈话时，你问问他！”

斯托姆根没说话。他没什么好说的，什么也说服不了对方。有时候他都弄不清是否已经说服了自己。

的确，在超主们看来不过是一次很小的行动，但对地球来说，这是件前所未有的大事。这些大船自深不可测的太空降临，没有发出任何警示。小说里无数次描写过这样的场景，但没人相信真会有这么一天。现在这一时刻终于来临：那一个个闪闪发光的形体无声地悬停在每一块陆地之上，它们是高科技的象征物，人类再过几百年也无望匹敌。六天来，它们飘浮在城市上空，一动不动，似乎并不知道下面有城市的存在。但显然并非如此：这些巨舰恰好停泊在纽约、伦敦、巴黎、罗马、开普敦、东京、堪培拉等大城市的上空，而不是别的地方，这不可能是什么巧合。

这让人揪心的几天还未结束，就有人已经猜到了实情。这不是不了解人类的某个物种的初次试探性接触。在这些静寂不动的大船里面，外星心理学家正在研究人类的反应。一旦紧张的曲线达到峰值，他们就会行动。

到了第六天，地球监理人卡列伦通过覆盖所有电台频率的无线电波向地球介绍了自己。他的英语很完美，由此引发的争论在大西洋两岸持续了一代人之久。不过，他的演讲行文逻辑远比其风格更加惊人。无论用什么标准衡量，这篇讲话都算得上天才之作，显示出他对人类事务的把握精准老到，炉火纯青。他的学识和鉴赏能力毋庸置疑，间或挑弄般地提上几句未知的知识也是刻意而为，让人类相信，一个无法抗拒的知识权威正君临于地球。卡列伦讲完话，地球各国就都明白他们摇摇欲坠的主权国家从此完结了。地方和内部政府的权力还可维持，但更大范围的国际事务决定权已经不再归人类所有。一次次争论、一次次抗议都于事无补。

很难指望世界上所有国家都会规规矩矩，屈从于那点儿有限的权力。但积极反抗也困难重重，令人气馁。要是摧毁超主的飞船，就算能够击中，下面的城市也会遭受毁灭。即便如此，仍有一个大国试着这么做了。大概那些当权人物希望用一枚原子弹来个一石二鸟，就把目标锁定了敌对邻国首都上空的飞船。

几位军官和技师坐在秘密控制室里，看着大船的图像在电视屏幕上渐渐扩大，内心极为矛盾。一旦成功，其他飞船会如何反应？他们能摧毁所有飞船，让人类重回往日的生活吗？卡列伦会对袭击他的人发动报复吗？

导弹撞击爆炸的一瞬，屏幕上突然一片空白，图像立刻切转到几英里外的空中摄像机上。理论上几分之一秒后，一个火球就会生成，它那太阳般的光芒将会布满天空。

但什么也没有发生。大船依然飘浮在天边，沐浴在自然的阳光中，毫发无损。别说击中飞船了，甚至连导弹去了何处都弄不清楚。还有，卡列伦不但没有发动报复，甚至都没有指出他早就知道这次袭击计划。他只是完全无视了这些人，让他们对并不会到来的报复担惊受怕。这种手段比任何惩罚行动都更有效，更具挫败力。几周后，这个政府就在一片指责声中垮台了。

还有人发动过几次消极抵抗，反对超主的政策。一般而言，卡列伦只是任其发展，直到他们发现拒绝合作最终受害的是他们自己。只有一次，卡列伦对反抗政府采取了直接行动。

一百多年以来，南非共和国始终处在各种社会纷争的中心，敌对双方保有良好意愿的人曾试图架设沟通桥梁，但均告失败——根深蒂固的恐惧和偏见容不得任何合作。继任的一届届政府只是在容忍度上稍有差别，仇恨和内战的恶果荼毒大地生灵。

实在没办法结束群体间的歧视时，卡列伦便发出了警告，它不过简单指定了时限。人们有些担心，但谈不上恐惧或惊慌，因为他们相信，超主们不会不分青红皂白滥施暴力或采取毁灭性行动。

他们的确没有。所发生的一切不过就是正午时分，太阳在穿越开普敦天空的子午线时突然消失，留下了一片苍白发紫的阴影，不发光也不发热。在太空中，阳光被两块交叉的区域分作两极，因此没有任何光投射出去。受到影响的区域是个完美的圆形，直径足有五百公里。

演示持续了三十分钟。这已足够了：第二天，南非政府宣布恢复白人少数民族的全部公民权。

除了这类独立的事件，人类已经接受了超主，将其看作自然存在的一部分。最初的震惊只持续了极其短暂的一段时间，世界又恢复了常态。瑞普·凡·温克尔[①]猛然醒来之后将会发现人类世界的最大变化，是某种缄默期盼的出现，人类在引颈等待超主亮相，走出闪光的飞船。

五年后，人们还在等待。斯托姆根觉得，这正是所有祸患的起因。

像往常一样，斯托姆根的车一驶进发射场，就被一群拿着相机的观光客围住了。秘书长最后跟自己的助手说了几句，就拎着公文箱走出了观望的人群。

卡列伦从不让他久等。人群里发出“噢”的一声，天上出现了一个银色的气泡，以惊人的速度膨胀着，一股气浪吹开了斯托姆根的外衣，转眼间，一艘小飞船已经停在五十米外离地面几厘米的高度，就像怕受到地球污染似的。斯托姆根缓步向前，看着无缝船体上那熟悉的褶皱，接着，那扇让世界顶级科

① 美国作家华盛顿·欧文的小说《瑞普·凡·温克尔》中的主人公，因在山中饮下仙酒而沉睡二十年，醒来时沧桑巨变，如同隔世。

学家备感困惑的门在他面前打开了。他走进飞船，进入里面光线柔和的唯一一间房间。入口封上了，就像不曾存在过一样，声音和光线都被挡在外面。

五分钟后门又开了。虽然感觉不到任何运动，但斯托姆根知道自己已在离地面五十公里的高空，而且是在卡列伦飞船的正中央。他置身于超主们的世界：他们正在他的周围忙着各自的神秘事务。他比任何地球人都离超主们更近，但对他们的外形特征并不比下面的千百万同胞知道得更多。

不长的走廊尽头是一间小会议室，除了屏幕下方的一对桌椅，里面什么都没有。这些东西似乎经过刻意安排，无法泄露它们制造者的任何信息。视觉屏幕上也一如既往地空空如也。有时候斯托姆根梦见屏幕上一下子活了起来，揭开了让全世界困惑不解的秘密。但这梦一直没有实现：那黑暗的长方形后面隐藏着全部的神秘。当然，那后面还有力量和智慧，对人类的理解和宽容，最让人意想不到的，则是对下面星球上的小动物戏谑般的喜爱。

隐蔽的栅格后面传出一个沉着、和缓的嗓音，尽管其他地球人只听过一次，斯托姆根却对它十分熟悉。那声音的语调深沉浑厚，给人一种强烈的尺寸感，唯一能显示的就是卡列伦的体格特征。卡列伦很高大，或许比常人大得多。确有一些科学家分析过他唯一的一次讲话录音，认为声音是机器发出的。斯托姆根无论如何也不相信。

“好吧，雷吉，我听了你们的短暂会谈。你对温莱特先生是怎么考虑的？”

“他是个诚实的人，虽然他的很多追随者谈不上这一点。我们拿他怎么办？自由团本身没什么危险，但有些极端分子公开鼓吹暴力行动。我考虑过在我家安排个警卫。不过，我希望没这个必要。”

卡列伦避开此话题不谈，有时候他就是这样令人恼火。

“到今天，世界联邦细则已经出台一个月了。百分之七反对我，这数字有实质性上升吗？那百分之十二回答不知道的，有变化吗？”

“还没有。但这并不重要。让我担心的是对你的总体感觉，这疑虑甚至在你的支持者中也存在。现在该结束这种神秘感了。”

卡列伦叹了口气。这声叹息相当完美，却略显做作。

“这也是你的感觉，对吧？”

这个问句不过是变相的陈述，用不着斯托姆根回答。

“我真不知道你是否了解，”他郑重其事地接上话，“这种态势给我的工作造成了多大困难？”

“对我的工作也没什么好处，”卡列伦带着某种情绪说，“我希望人们别再把我当作独裁者，我不过是一名公仆，尽力执行殖民政策，但并未参与它的拟定。”

这番描述倒挺感人，斯托姆根琢磨这里头有多少真实成分。

“你能至少给我们点儿理由吗？你到底为什么躲着不见人呢？我们不理解这一点，这让人苦恼不已，流言四起。”

卡列伦的笑声丰满而深沉，只不过太浑厚了，不太像人声。

“我现在被认为会是什么样呢？机器人理论还那么时兴吗？我宁可变成一堆电子管，也不要变成蜈蚣那类东西。对了，昨天我读了《芝加哥时报》，看到了幅卡通画！我正想找找它的原作呢。”

斯托姆根咬紧嘴唇。的确，有时候卡列伦会这样轻视自己的职责。

“这是严肃的事情。”他语带责备。

“我亲爱的雷吉，”卡列伦反驳说，“只有把人类的事情看得不那么严肃，我一度拥有的可观心智才能保住一点点残余。”

斯托姆根不由得笑了起来。

“这招对我没什么大用，对吧？我得下去说服自己那帮人，尽管你不露面，也并不是要隐瞒什么。这件事不简单。好奇是人类最显著的特征之一，你永远也克服不了。”

“这是我们来地球后遇到的最棘手的问题，”卡列伦承认道，“你既然相信我们在处理其他问题上的智慧，也应该相信我们有能力处理这件事！”

“我相信你，”斯托姆根说，“但温莱特不相信，他的支持者也不信。如果他们曲解了你不愿意露面这件事，你能怪他们吗？”

沉默了一会儿。随后，斯托姆根听到轻微的响声（什么东西在爆裂？），或许是监理人的身子轻轻挪动了一下造成的。

“温莱特和他那伙人为什么怕我，你知道吗？”卡列伦问道。他的声音变得忧郁，就像在大教堂屋顶回荡的管风琴音符，“各种宗教里都能找到他这种人。他们知道我们代表着理性和科学，不管他们对自己的信仰多有把握，他们都会害怕我们将颠覆他们的神明。我们用不着刻意谋略，只消轻轻一点。科学可以消灭宗教，对其置之不理如同证伪它的教义一样有效。据我所知，虽然从未有人证明宙斯或托尔神不存在，但他们的信徒现在已经不多了。温莱特这些人也害怕，害怕我们知道他们信仰起源的真相。他们想知道我们已经观察人类多久了，我们是否目睹了穆罕默德从麦加逃往麦地那，或者摩西为犹太人立法，我们是否知道他们虔信的故事全都是假的。”

"那你们知道吗？"斯托姆根低声说，一半是对着自己说的。

"这些，雷吉，是折磨他们的恐惧，虽然他们从不会公开承认。相信我，毁灭人类的信仰不会为我们带来快乐，但世界上的全部宗教不可能都是真的，这他们清楚。人类迟早会了解真相的，但现在还不是时候。至于我们保持神秘这件事，你说得不错，的确给我们添了不少麻烦，但这不是我们能控制得了的。我跟你一样，对必须藏而不露感到遗憾，但理由很充足。不过，我还是试试问一下我的——我的上级——他们的答复会使你满意，或许也可以平息一下自由团。好了，现在我们可以回到议程上，继续开始记录吗？"

"怎么样？"凡·瑞伯格不安地问，"你这次走运不走运？"

"我也说不清，"斯托姆根疲倦地回答，把文件往他的桌上一扔，瘫坐在椅子上，"卡列伦正在跟他的上级请示，天知道他们是谁。他不给任何承诺。"

"听我说，"瑞伯格冷不丁说道，"我刚想起件事。我们有什么理由相信卡列伦后面还有人呢？要是所有这些我们所谓的超主，现在都在地球上空他们的飞船上呢？也许他们没地方可去，但又对我们隐瞒了事实。”

“倒是挺有创意，”斯托姆根笑了一下，“但这推测跟我稍有了解的——或者说我认为我了解的——卡列伦的背景，有点儿矛盾。”

“那你到底了解多少呢？”

“他经常谈及他在这儿的职位是临时性的，妨碍了他的真正工作，我想大概是数学一类的。有一次我援引阿克顿关于权力腐败的话，谈到了绝对权力绝对腐败的话题。我想看看他有何反应。他发出那种瓮声大笑，说：‘我没有发生这种事情的危险。第一，这儿的工作一结束，我就会立刻回到我原来的地方去，越快越好，那地方离这儿有不少光年；第二，我不拥有绝对权力，怎么说也没有。我只是个监理人。’当然，他也许在糊弄我。我实在不敢肯定。”

“他长生不死，是吗？”

“是的，以我们的标准是这样，不过他害怕未来的什么东西，我想象不出是什么。我只了解他这么多。”

“这也不足以下结论。我推测他的小型舰队在太空里遭遇了迷航，正在寻找新的落脚点。他不想让我们知道他人单势孤。也许其他所有飞船都是自动驾驶的，里面没有人，所有飞船里都没有。它们不过是装扮出来的假象。”

“你啊，”斯托姆根说，“科幻小说读太多了。”

凡·瑞伯格笑了一下，有点发窘。

“‘太空入侵’并非全如预料，对吧？我的推断足以解释为何卡列伦一直不肯亮相。他不想让我们知道再没有其他超主了。”

斯托姆根摇头表示异议，但他觉得这个想法很有趣。

“你的解释总是异想天开，不真实。尽管我们只能推测它们的存在，监理人的背后肯定有一个高度发达的文明，对人类已经了解了很长时间。卡列伦本人一定研究我们好几百年了。比如，他的英语讲起来一套一套的，当我们的老师绰绰有余！”

“你发现有什么他不知道的吗？”

“哦，经常有，不过都是微不足道的小事。我认为他有超凡的记忆力，只是有些东西他懒得去学罢了。比如，英语是他唯一完全理解的语言，但最近这两年他学了不少芬兰语，用来跟我取乐。谁能这么快学会芬兰语呢！他能大段背诵芬兰史诗《英雄的国土》，我会的那几句都不好意思说出口。他还知道所有在世政治家的生平经历，我偶尔能够辨别他的引经据典。他的历史和科学知识看来十分全面——你知道我们已经从他那儿学了不少东西。不过，就个人而论，我并不觉得他的天资超出了人类成就的范围，只是没人能够像他那样通秉全才。”

“这多少也是我的看法，”凡·瑞伯格赞同地说，“围绕卡列伦我们能一直争论下去，但最后还得回到老问题上——这鬼东西干吗不露面？等他露面了，我才能继续我的推断，自由团也能接着谴责下去。”他抬眼看着天花板，一副桀骜不驯的神情，“在某个黑夜，监理人先生，我期盼着哪个记者驾驶火箭飞抵你的飞船，从后门爬进去，带着他的相机。那得多劲爆啊！”

就算卡列伦正在听，他也不会对此做任何表示。当然，他总是这样。

超主到来的第一年，带给人类生活方式的变化没有预想的那样大。到处都有他们的影子，但这影子谦恭而温和。虽然地球上几乎所有大城市都能看见一艘银色的飞船在天顶闪闪发光，但过了不久，人们就把它当成太阳、月亮和云朵一样的自然风景了。大多数人只是模模糊糊觉得，是超主让他们的生活水准稳步提升。他们偶尔想到这件事时——这种情况很少——便会发现这些沉静的大船让全世界有史以来第一次拥有了和平，因而心怀感激之情。

不过这些好处都是消极而不引人注目的，接受后便马上被忘掉了。那些超主仍然疏远，不让人类看见他们的脸孔。卡列伦可以求得尊敬和爱戴，但他若继续实施现有政策，就不会赢得任何更深的东西。对那些只用联合国总部的无线电电传打字机沟通的天神，人们无法不心生痛恨。卡列伦和斯托姆根之间的交流从未公之于众，有时候斯托姆根自己也闹不懂，为何监理人认为有必要进行那些会谈。或许他觉得至少需要与人类中的一员建立直接接触，也许他发现斯托姆根需要这种形式的支持。如果这解释行得通的话，秘书长会很感激，就算被自由团蔑称是“卡列伦的跟屁虫”，他也不在乎了。

这些超主从未同任何国家和政府单独打过交道：他们找上联合国，就选定了它，教会人类如何安装必要的无线电设备，通过秘书长之口发布他们的指令。苏联代表曾十分恰当地指出，这种做法在很大程度上，很多场合下都有违联合国宪章，但卡列伦似乎不以为意。

让人惊奇的是，发自空中的指令让很多弊端、愚行和罪恶顿然消失。超主到来后，各个国家明白它们没必要再彼此害怕，甚至在那次核弹攻击实验之前，他们就料到现有的武器根本无法对付一个任意穿越星球的文明。这样，人类走向幸福的唯一障碍立刻就被清除掉了。

超主们似乎对各种政府体制没什么兴趣，只要它们不对民众施压，不腐败就行。地球仍然保持着民主制、君主制、温和的独裁政治以及共产主义和资本主义制度，这令很多思想简单的人大感惊讶，他们一直确信，自己的制度才是唯一可能的生活方式。另一些人相信卡列伦不过是在等待时机推出一种体制，扫清现存的所有社会制度，因而懒得进行小型的政治改革。不过，这种看法与其他有关超主的猜测一样，纯属凭空臆想。没有人了解他们的动机，也没有人清楚他们将把人类引向何种未来。

03

几天来斯托姆根睡得很不好，这事儿有点儿不对头，照理说，他很快就要永远摆脱缠身的公务了。他为人类工作了四十年，为人类的统治者又干了五年，回顾一生时，很少有人能成就这么多雄心大业。问题也许就出在这儿：退休之后的日子无论多长，他都不会有新的目标为生命增添激情了。玛莎死了，孩子们也有了自己的家庭，从那以后，他跟这个世界的纽带似乎也变弱了。这也许正是他开始认同那些超主，反倒疏远了人类的原因。

这又是一个难眠之夜，他的脑子像失控的机器在不停狂转。睡意不能强求，他只得下了床，匆匆穿上外衣，漫步走进他那简朴住宅的屋顶花园。他的任何一位直接下属的住宅都远比他的豪华，但就斯托姆根的需要来说，这地方已经绰绰有余了。他已官至高位，无论是个人财产还是公务礼仪，都不能再为他的声望增光添彩了。

夜晚很暖，几乎有些沉闷，但夜空晴朗，明月低垂在西南方。十公里外，纽约城的灯光在地平线上闪耀，恰似破晓前凝冻的黎明。

斯托姆根仰望沉睡的城市上空，那是人类中只有他才到达过的高度。虽然很远，但他仍能看见卡列伦的飞船在月色中熠熠发光。不知监理人此时在做什么，他相信超主是从来不睡觉的。

高天之上，一颗流星像长矛一样刺破天穹。一道朦胧的光影停顿片刻，随即消失，只留下漫天星辰。这是个严酷的警示：在以后的一百年内，卡列伦仍将带领人类朝向只有他才能看到的目标前进，而四个月后，就会有另一个人成为新的秘书长。斯托姆根处之泰然，但如果他想了解那块厚厚的屏幕背面藏着什么，时间已所剩不多。

只是这几天他才敢于承认，超主的神秘感开始困扰他。在此之前，对卡列伦的信任还让他没什么疑虑，但现在，有点儿讽刺的是，自由团的抗议活动已经开始影响他了。他们扬言人类在遭受奴役，这已不仅是一种宣传。很少有人真正相信它，也并不希望回到过去的日子。人类已经习惯了卡列伦那种不易察觉的统治，但他们已经按捺不住，急于想知道是谁在统治他们。怎么能因此责怪他们呢？

尽管自由团最大，但它仅仅是反对卡列伦的众多团体中的一个，这些团体进而也反对那些同超主合作的人。它们的目标和政策各不相同：有的以宗教为立场，有的只是宣泄自卑的感受。他们的感觉就像19世纪印度的文化人揣度英伦统治一样。侵入者为地球带来和平和繁荣，但谁又知道这要付出多大代价？人类历史也是不可靠的：在文化水平迥然不同的两个民族之间，纵使签订最和平的条约，其结果也往往是落后的群体被消灭。国家如同个人一样，面对无法抵御的挑战可能丧失斗志。而蒙着一层神秘面纱的超主文明，就是人类所面临的最大挑战。

隔壁房间的传真机发出轻微的响声，吐出一份中央新闻社发来的每时简报。斯托姆根踱进房间，心不在焉地翻了翻那几页纸。在地球的另一面，自由团授意刊发了一个算不上独创的头条：《人类被怪物统治了？》。接着这句提问，报纸援引道："在马德拉斯会议上，自由团东方分部主席克里施南博士说：'超主们的行为很好解释：他们的长相定然相当怪异，令人憎恶，因此不敢露面。我质疑监理人，希望他来否定这一点。'"

斯托姆根反感地扔下简报。就算这是真的，又能怎么样呢？这种推测早就有过，他从没有把它当成一回事。他不相信有哪一种生物形式会奇怪得让他无法马上接受，或许，他倒有可能觉得漂亮。重要的是思想，而不是外形。如果他能说服卡列伦相信这一点，超主们或许会改变他们的政策。他们一来到地球，报纸上就铺满了人们凭想象绘制的画，他们的吓人程度肯定连那些画像的一半都到不了！

斯托姆根清楚，他急于结束这个事态，并不完全是出于对继任者的体谅，主要还是出于人类的好奇心，他最终坦承了这一点。他已经把卡列伦看作一个人，还要弄清卡列伦到底是何种生物，才会觉得满意。

斯托姆根第二天没有按时上班，这让皮特·凡·瑞伯格感到惊讶，也有点儿不高兴。秘书长到自己办公室前常常会到其他地方办点儿事，但一般都会留下话说明他的去向。更糟的是，这天早上有好几个急件需要呈报斯托姆根。凡·瑞伯格打电话到六七个部门询问也没有找到他，最后只得作罢。

到了中午他更觉不安，便派车到斯托姆根的住宅查看。十分钟后，警笛响起，一辆警察巡逻车疾速驶进罗斯福大道。车里一定有新闻社的知交，因为在凡·瑞伯格还在远处望着带来消息的警车时，收音机里就开始播放消息：他不再是助理，已经成为联合国的代理秘书长了。

要不是凡·瑞伯格手里有那么多麻烦事，他会乐于研读报纸上有关斯托姆根失踪事件的反应。在斯托姆根失踪前的一个月，全世界的新闻界划分成了两大针锋相对的阵营。西方媒体总的来说支持卡列伦的计划，希望让所有的人都成为世界公民。而东方国家则陷入了一场猛烈的，但很大程度上是人为操纵的国家尊严癫狂症。他们中的一些国家独立后刚度过一代人的时间，感到这是在诈取自己的胜利果实。对超主的指责遍及各地，气势汹汹：经过谨小慎微的一段时间后，媒体很快发现怎么糟践卡列伦都行，什么也不会发生。现在的媒体也变聪明了。

大多数攻击虽然连喊带叫，但并不代表广泛大众。即将永久消失的边境线上在增兵添岗，但士兵互相间仅用眼神就能传递友善。政客和将军们或许会勃然大怒，但几百万静静等待的民众却觉得，水到渠成之日即将到来，历史上漫长而血腥的一章就要结束了。

现在，斯托姆根失踪了，没人知道他的去向。喧嚣一下子停息了，整个世界发现他们失去了唯一的联系人，超主出于自己才明白的奇怪理由，只通过他同地球说话。报纸和电台的评论员们都像得了失语症一般，但一片静默之中还是听得到自由团的声音，他们急于声辩，为自己撇清干系。

斯托姆根醒了，四周漆黑一片。惺忪之间，他并不觉得有什么不对劲儿，然后，整个意识恢复了，他一下子坐起来，去摸索床边的开关。

黑暗中他的手触摸到的是光滑的石头墙，凉凉的。他一下子愣在那儿，这意外的冲击让他的大脑和身体僵住了。他几乎不能相信自己的感觉，跪在床上，用指尖探索这面完全陌生的墙壁。

正摸着，他突然听到“咔嗒”一声，黑暗的一部分滑向一边。他瞧见一个男人的侧影在昏暗的背景上一闪，门又很快关上，黑暗重现。一切发生在转眼之间，他甚至来不及看清这房间里的任何东西。

片刻之后，他又被一束强烈的手电光刺得睁不开眼睛。光束朝他的脸上扫过来，停了一会儿，然后照到整个床铺上——他这才看见，那床不过是几块粗木板架起的床垫而已。

黑暗中，一个柔和的声音操着纯正的英语对他讲话，语音中有种奇妙的口音，斯托姆根一时无法分辨。

"哦，秘书长先生，我很高兴你醒来了。希望你感觉一切正常。"

最后那句话引起了斯托姆根的注意，那些急于想问的问题到了嘴边又咽了回去。他望着黑暗，沉静地问道："我失去知觉多长时间了？"

对方笑了。

"好几天了。我们得到许诺说，你不会留下什么后遗症。我很高兴看到这是真的。"

一方面为了争取时间，另一方面也为了测试一下身体的反应是否正常，斯托姆根将两条腿悬在床边。他的睡衣仍穿在他的身上，只是给揉得皱巴巴的，上面好像还沾了不少灰土。移动时他感到有些头晕，虽然没有太多不适，但足以让他相信自己的确被麻醉过。

他转过来对着光。

"这是什么地方？"他严厉地问，"温莱特知不知道？"

"好了，不要太激动，"那个影子回答，"我们现在不谈这个。我想你一定很饿。穿上衣服去吃饭吧。"

一束椭圆形的光扫过屋子，斯托姆根这下才知道这屋子有多大。它几乎算不上一间屋子，墙壁都是裸露的石块，草草打磨成型。他发现自己是在地下，或许是很深的地方。如果他已经昏迷了好几天，他就有可能是在地球的任何地方。

手电光照亮了搭在一个包装盒上的一堆衣服。

“应该足够你穿了，”黑暗里的声音说，“洗衣是这儿的一大问题，所以我们带来了你的几件外套和半打衬衣。”

“你们真够细心的。”斯托姆根并没有在开玩笑。

“遗憾的是没有家具和电灯。这地方有些方面还算方便，只是缺少康乐设施。”

“什么方便？”斯托姆根一边问，一边穿上衬衣。奇怪，手指触摸着熟悉的衣物，竟会让他感到一种安慰。

“就是——方便，”那声音说，“顺便说一句，我们大概要在一起待很长时间，你就叫我乔好了。”

“不管你的国籍是什么，”斯托姆根反问道，“你是波兰人，对吗？我想我可以念出你的真名。并不比大多数芬兰名字更难念。”

两人停顿了一小会儿，灯光也闪动片刻。

“是的，我本该预料到这一点，”乔顺从地说，“你大概在这方面很有经验。”

“对我的职位来说，算是个有用的爱好吧。我一猜就知道你是在美国长大，但离开波兰时你已经……”

“行了，”乔坚定地说，“已经足够了。我看你已经穿好衣服了——谢谢你。”

斯托姆根为小小的胜利感到了些得意，他走向门口时，门自动打开。乔往边上靠了一下让他过去。不知道抓他的人带了枪没有，但应该带了，周围或许还有乔的同党吧。

走廊里每隔一段就有一盏油灯照着，显得有些昏暗。斯托姆根这才看清乔的模样，他大概五十岁上下，体重应该有两百多磅。从那布满污迹的、不知是哪个部队的作战服，到他左手上那枚大得吓人的图章戒指，他身上的东西都是超大号的。他这个块头带不带枪都无所谓了。斯托姆根想：如果自己能从这地方出去，要想找他也不会太难。他意识到乔也一定十分清楚这一点，又不免有些沮丧。

周围都是裸露的石头墙，只偶尔有些混凝土墙面。斯托姆根明白了，自己原来是在某个弃置不用的矿井里，没有哪个监狱比这更管用了。此前他对自己被绑架的事并不怎么担心。他一直觉得无论发生什么，超主都会动用巨大资源很快找到并解救他，现在他不那么有把握了。他已经失踪好几天，但什么也没有发生。卡列伦的能力看来也有限度，如果他真的被埋藏在遥远陆地之下的某处，超主的科技手段或许无法找到他。

另外两个人坐在桌边，昏暗的房间里空荡荡的。斯托姆根进屋时，他们抬头看着他，目光里带着好奇和显而易见的敬重。其中一个人把一块三明治推给他，斯托姆根立刻接受了。尽管饿得够呛，他仍觉得自己的午餐应该丰富些，大概他的看守们吃得也好不到哪儿去。

他一边吃，一边扫视了一下身边的三个人。乔不只是块头大，甚至还是一个头领，其他人显然只是他的助手。两个人没什么特征，只有听他们讲话后，斯托姆根才能知道他们是哪里人。

不太洁净的杯子里倒上了酒，斯托姆根就着它咽下最后一口三明治。等到他感到自己多少可以把握局面了，才把头转向那位波兰巨人。

“好吧，”他平静地说，“大概可以告诉我这是怎么回事了吧，你们的目的到底是什么？”

乔清了清嗓子。

“有件事我得直言相告，”他开口道，“这跟温莱特毫无关系。他跟其他人一样被蒙在鼓里。”

斯托姆根对此有所预料，尽管他不知道乔如何揣测他的想法。他早就怀疑自由团内部或周围存在一股极端势力。

“我好奇的是，”他说，“你们是怎么绑架我的？”

他没打算得到回答，但对方早有准备，甚至急于回答他，这让他有些错愕。

“整个儿就像好莱坞惊悚大片，”乔来了劲头，“我们不清楚卡列伦是不是在守护你，因此我们采取了细致的防范措施。你被空调带进去的毒气熏倒了，这很容易。然后我们把你弄到车上，也毫不麻烦。我得说明，这一切并不是我们的人干的。我们雇了一些，嗯，专业人员。卡列伦可能会抓住他们——实际上他也应该抓得住他们，但他什么也得不到。车离开你的住所后就进了一条隧道，离纽约不到一千公里，它按时从另一端出来，仍带着那个受了麻醉、酷似联合国秘书长的人。片刻后一辆拉着金属货箱的大卡车从对面驶来，开往一个飞机场，把那些货箱装上飞机，货运完全是合法经营。那些箱子的货主如果知道是怎么被我们利用的，我想准会大吃一惊。

“同时，完成任务的那辆小车继续执行规避动作，往加拿大边境开。也许卡列伦现在已经抓到它了，这我既不清楚，也不关心。你知道——希望你赞赏我的开诚布公——我们的所有计划取决于一点。我们很清楚卡列伦能眼见耳听，了解地面发生的一切。他看不到地面以下的事情，除非他使用魔法，而不是科学。所以他不会知道发生在隧道里的转移行动，就算最后知道也太晚了。我们这么做自然有些冒险，但我们还有一两个保全措施没用上，得留着日后再用，泄露出去太可惜了。”

整个故事乔讲得津津有味，斯托姆根忍不住笑了。同时，他也深感不安：这个计划的确很巧妙，很可能骗过了卡列伦。

斯托姆根甚至无法肯定超主是否对他进行过某种保护性监视。乔呢，很显然，他也不清楚。他如此坦白，或许也是为了试探斯托姆根的反应。现在，无论他的内心感觉如何，他都要保持自信，沉着冷静。

“你们真是一群蠢货，”斯托姆根轻蔑地说，“竟然以为这样就能骗得过超主。说到底，这样做又能得到什么好处呢？”

乔递过去一支烟，见斯托姆根拒绝，就自己点上，往桌子边上一坐。桌子发出断裂的嘎吱声，让他慌忙跳了下来。

“我们的意图十分明确，”他说，“我们发现争论毫无用处，应该采取其他手段。原来就有一些地下运动，无论卡列伦有多大势力，他会发现对付我们不太容易。我们为自己的独立而战。别误解我的意思，不会有任何暴力行动，至少一开始不会。但超主要使用人类的代表行使统治，我们能让他们统治得极不舒服。”

估计就从我开始了，斯托姆根想。他怀疑对方只讲了全部故事的一小段。他们真以为这种强盗手段能对卡列伦产生一丁点儿的影响吗？可话说回来组织严密的抵抗运动会使生活变得异常艰难，这一点儿不假。乔的手指触到了超主统治的弱点。说到底，他们的所有命令是通过人类代理人发布的，如果这些代理人被吓得不再听从命令，整个体系就崩溃了。不过这种可能性实在太小，因为斯托姆根相信卡列伦很快就会找到解决办法。

“你们打算把我怎么样？”斯托姆根最后问，“我是人质，还是别的什么？”

“别急，我们会照料你的。我们要等几天，有人要造访你。在这之前，我们会尽量让你开开心心的。”

他用自己国家的语言说了句什么，那两个人中的一个拿出了一副崭新的扑克牌。

“特别为你淘来的，”乔解释说，“我在《时代》杂志上读到，你很擅长玩扑克牌。”他的声音突然严肃起来。“希望你钱包里有不少现金，”他不安地说，“我们都没想过看一看。总之，我们不收支票。”

斯托姆根忍住惊讶，目光茫然地看着他的看守。随即，此情此景引发的真正幽默让他心领神会，所有公务烦扰好像突然一下子从他的肩上卸掉了。从此往后，该凡·瑞伯格出头露面了。无论发生什么，他都无能为力——眼下，这帮想入非非的罪犯正急着要跟他玩牌呢。

猛然间，他仰头哈哈大笑起来，好多年他都没这样笑了。

温莱特说的无疑是真话。凡·瑞伯格愁眉苦脸地琢磨着，他可能怀疑某些人，但他不知道是谁绑架了斯托姆根。他也不赞成绑架这种做法：凡·瑞伯格机敏地想到，自由团里的极端分子过去一直给温莱特施压，让他采取更积极的策略。现在他们自己动手了。

毫无疑问，绑架过程组织得很完美。斯托姆根可能在地球上的任何地方，要想找到他希望渺茫。但他有件事情要做，凡·瑞伯格想，还必须赶紧做。虽说他经常插科打诨，但内心对卡列伦却是敬畏有加。一想到要近距离接触超主，他就满心恐惧，但看来没有别的选择。

通信设备占据了大楼的整个顶层。一台台传真机一字排开，伸向远处，有的静默着，有的频繁地发出咔咔声。无尽的生产统计、普查反馈和世界经济体系的所有簿记事项通过这些机器滚滚而来。上面，在卡列伦飞船上也应该有一个类似的房间。在那儿来回取阅地球发给超主的信息的那个家伙，到底长什么样？凡·瑞伯格想到这儿，只感到自己的脊背一阵发凉。

不过今天他对这些机器和它们的日常工作不感兴趣。他走进那间只有斯托姆根使用的私人房间。门锁已按他的指示砸掉了，通信部主管在那儿等着他。

“这是一台普通电传打字机，标准的打字键盘，”主管对他说，“还有一台传真机，你可以发送图片或表格，但你说过用不着这个。”

凡·瑞伯格心不在焉地点点头。“好了。谢谢你。”他说，“我不会在这儿待太久。你过会儿再把门锁好，所有钥匙都交给我。”

等通信主管离开，他才在电传打字机前坐定。他知道，自从卡列伦和斯托姆根通过每周一次的会面处理大部分事务后，这台机器就不怎么用了，它成了应急联络线路。他期望很快就能收到回复。

迟疑了片刻，他开始用笨拙的手指打出自己的信息。机器发出轻轻的呜呜声，打出的文字在变暗的屏幕上闪了几秒钟。打完字，他向后一倚，等待回答。

过了不到一分钟，机器就又呼呼响了起来。凡·瑞伯格早就怀疑监理人根本不睡觉。

信息不长，也没什么用。

无信息。所有事务全部由你做主。卡。

太痛苦了，其中没有任何让人满意的成分，凡·瑞伯格发觉自己身上的担子实在太重了。

三天来斯托姆根仔细分析了绑架自己的人。乔多少有点儿地位，另外两个就什么也不是了，任何非法活动都能召集一帮这种人。自由团的理念对他们毫无意义，他们关心的是怎么混日子，尽量少干活。

乔这个人比较复杂，尽管有时候斯托姆根觉得他像个大孩子。他们玩起牌来无休无止，间或就某个政治问题激烈争吵一番，而斯托姆根很快发现，这个波兰大个子从未认真考虑过他为之奋斗的目标。他情绪冲动又极端保守，这两种东西如乌云蔽日，影响了他的判断力。他的国家多年来为获得独立而战，这完全改变了他，让他依然生活在过去的年月里。在有序的生活方式中，这种人已经派不上用场，他本人可谓前朝遗物。如果有一天这类人消失了，世界会安全些，但也会变得缺乏生气。

现在，斯托姆根开始相信卡列伦没办法找到他，没什么可怀疑了。他还对几个看守虚张声势，但他们并不相信。他很清楚他们把自己关在这儿是为了观察卡列伦的反应，现在什么也没有发生，他们可以走下一步计划了。

被劫持四天后，乔告诉他有客人造访，斯托姆根并不惊讶。几个看守变得愈发坐立不安，这让他们的囚徒猜出了个大概：行动的头目看到已无危险，终于亲自来提审他了。

乔礼貌地招手请他进屋，他们已经围坐在摇摇晃晃的桌子旁等着他了。乔的腰里别着一支从未见过的大号手枪，颇有些卖弄，让斯托姆根觉得好笑。那两个帮凶不在，就连乔都显得有些拘谨。斯托姆根立刻觉察对面这些人的官阶高得多，让他想到自己见过的一张俄罗斯革命初期列宁与战友们的照片。这六个人有着同样的智力、冷酷和铁一般的决心。乔那一类人其实无害：真正的幕后策划者原来在这儿。

斯托姆根敷衍地点了下头，朝唯一的一张空椅子走过去，保持泰然自若的样子。坐在对面的一位年龄较长、体型结实的人向前探着身子，用一双灰眼睛紧紧盯着他。这让斯托姆根很不舒服，只能违背自己的意愿先开了口："看来你们是来谈条件的。要多少赎金呢？"

他注意到后面有人在速记本子上记下了他的话。一切完全是公事公办的样子。

领头的回话了，声音悦耳，带着威尔士口音。

"随便你怎么说，秘书长先生。但我们要的是信息，不是现金。"

这样看来，自己是战俘，这是一次审讯了。斯托姆根想。

"你很清楚我们的动机是什么，"对方接着说，嗓音柔和而轻快，"如果你愿意，叫我们抵抗运动也行。我们认为地球迟早要发动一场独立之战，但我们发现斗争只能以间接手段进行，比如暗中破坏或拒不听命。我们挟持你，部分是要卡列伦明白，我们目的明确，组织周密，但更主要是因为你是唯一能告诉我们有关超主信息的人。你是个明白人，斯托姆根先生。跟我们合作，你就可以获得自由。”

“你们具体想知道什么呢？”斯托姆根谨慎地问。

那双超凡的眼睛似乎看透了他的内心深处，这种眼神斯托姆根一生从未见过。接着，那歌唱般的声音又响起了：“你知道超主到底是什么人，或者是什么东西吗？”

斯托姆根差点儿笑了。

“相信我，”他说，“我跟你一样，也急于了解真相。”

“那么，你可以回答我们的问题了？”

“我没答应什么，但可能吧。”

乔解脱般地舒了一口气。屋子里出现了一阵期待的窸窣声。

“对你跟卡列伦见面的情境，我们只粗略了解。”那人接着说，“你或许可以仔细描述一下，别漏掉任何重要的线索。”

这倒是个无害的要求，斯托姆根想，以前他就回答过多次，于是便表示出愿意合作的样子。这儿的几个人脑子机敏，也许能发现点儿新东西。于是他任由他们从他这儿榨取任何新鲜信息——只要他们分享它。至于说这类信息会对卡列伦造成什么伤害，他是绝不相信的。

斯托姆根从口袋里摸出一支铅笔和一个旧信封。他一边快速画着草图，一边说："当然，你们知道，这个小型飞行器没有明显的推进装置，它定期把我接到卡列伦的飞船上。它进入船体——你们无疑看过望远镜拍摄这个操作过程的影片——后，门就打开了——如果你把它叫门的话——我走进一个小房间，里面有一张桌子，一把椅子，还有一块屏幕。平面布局就像这样。"

他把草图推给威尔士人，但那双奇怪的眼睛看也不看，仍停留在斯托姆根的脸上，他看见这双眼睛的深处发生了某种改变。屋里一团死寂，但他听到乔在自己身后猛地吸了一口气。

斯托姆根既迷惑又恼火地看着对方，这一看，让他渐渐明白过来。他把信封搓成一个球，扔在了脚下。

现在他才明白，为什么那双灰眼睛让他如此错愕了。对面的人是个瞎子。

凡·瑞伯格没有再联络卡列伦。大部分部门的工作——发送统计资料、摘要国际新闻等事务都在自动进行着。巴黎的律师们还在为世界宪法议案争吵不休，但这暂时也跟他无关。要到半个月后，监理人才会索要这一议案的最终草案，如果到那时还没完成，卡列伦无疑会采取他认为合适的措施。

斯托姆根仍旧没有半点消息。

那部标为“仅限紧急”的电话响起的时候，凡·瑞伯格正在口述指令。他抓起听筒，越听越惊讶，随即扔下它，冲向敞开的窗户前。惊恐的喊叫声由远而近，街上的交通几近瘫痪。

千真万确，卡列伦的飞船，那超主一成不变的象征物，现在已不在天上。他四下眺望，漫天搜寻了一回也没看见一丝踪影。接着，突然之间，似乎天幕瞬间降下，那艘大船自北方飞来，肚皮的暗影就像一片雷雨云，低低擦过纽约的摩天楼顶。

这扑面而来的怪兽让凡·瑞伯格不禁连连退缩。他也清楚超主这艘飞船有多大，但看它高悬太空是一回事，看着它像恶魔驱遣的乌云飞过头顶，绝对是另一回事。

在这片局部的日食中，他看着飞船拖着巨大的阴影朝南飞去，最后消失。没有声音，连空气中的飒飒响声都没有，凡·瑞伯格发现，飞船飞过时虽然显得很近，但离他头顶至少有一公里。接着，大楼受到声波的撼动开始战栗，不知哪里的窗玻璃向内炸开，传来清脆的声响。

身后的办公室里所有的电话都响了起来，但凡·瑞伯格没有动。他趴在窗台上，望着南面的天空，无限之力的降临把他给吓瘫了。

斯托姆根说话时，感觉自己的思维同时在两个层面进行。一方面，他不想跟羁押他的人合作，另一方面又希望他们能帮自己揭开卡列伦的秘密。这是种危险的游戏，让他惊奇的是自己竟有些得意。

大部分问话都是那个威尔士盲人提出来的。看着这个头脑敏锐的人尝试解开一个个问题的答案，测试然后否定那些斯托姆根早就放弃了的推测，实在让人觉得有趣。现在，威尔士人仰坐在那里，叹了口气。

“我们走进死胡同了，”他气馁地说，“我们需要更多事实，这就得行动，而不是争论。”那双失明的眼睛好像在注视着斯托姆根，过了一会儿他神经质地敲起了桌子。这让斯托姆根发觉他开始变得没有把握了。然后，他又说话了。

“你从来没有费心去多了解那些超主的情况。秘书长先生，我真有点儿奇怪。”

“你到底想说什么？”斯托姆根冷冷地问，掩饰着自己的兴趣，“我已告诉过你，我跟卡列伦会面的那间屋子只有一个出口，直通下面的地球。”

“如果我们设计几种器械，”对方审慎地说，“或许可能让我们发现点儿什么。我不是科学家，但我们可以考虑考虑这件事。如果给你自由，你愿意协助我们完成这个计划吗？”

“让我最后再说一遍，”斯托姆根愤怒地说，“明确一下我的立场。卡列伦为的是世界大同，我不会为他的敌人做任何事情。他的最终计划是什么，我不知道，但我相信这计划是与人为善的。”

“有什么真正的证据呢？”

“他的全部行动，从他的那些飞船到来之日起。我敢说你无论如何分析，都找不出一件人类没有受益的事情。”斯托姆根停顿了片刻，任思绪返回过去的年月，他笑了起来，“要想找个单独的例子证明——我该怎么说呢？——超主们的仁慈，想想他们刚来的一个月内推行的‘虐待动物禁令’就行了。如果说我以前对卡列伦存有疑虑，这下也完全消除了。尽管同他做的其他事情相比，这项命令给我带来的麻烦最多！”

这丝毫没有夸大其词，斯托姆根想。这起事件非同一般，第一次表露超主对残暴行径的痛恨。这一点，以及他们对公正和秩序的热情似乎是其生命中的主导情感，至少凭他们的所作所为可以这样判断。

那是唯一一次卡列伦表示出愤怒来，或至少是外表上的愤怒。“你们可以随意互相杀戮，”他的信息这样写道，“这是你们之间和你们自己法律上的事。但是，除却获取食物和出于自卫，如果你们杀戮那些与你们同处一个世界的动物，就将受到我的问责。”

没人确切知道这项禁令涉及的范围有多广，也不知道卡列伦如何执行它。但他们没有等待太久。

大斗牛场内座无虚席，斗牛士和服务生们正式出场。看来一切如常：灿烂的阳光在传统服饰上迸发出暴烈而炫目的色彩，人群欢迎着他们宠爱的选手，如同以前一百次一样。人群中偶尔有人抬起头，焦虑不安地望着天空，望向马德里上空五十公里处那艘孤零零的银色形体。

斗牛士进入自己的地盘，公牛喷着响鼻冲入竞技场。骑手们驱赶着瘦骨嶙峋的马匹迎战敌人，马儿却吓得鼻孔大张，在阳光下原地打转。第一支投枪一闪，射向目标——与此同时，一种地球上从未听到过的声音响起。

这是一万人因疼痛发出的叫喊声，他们受了同样的伤——当这一万人从震惊中缓过神来时，发现自己竟然毫发无损。但斗牛就此结束，所有的斗牛活动均告完结，因为消息在飞速传播。值得一提的是，狂热斗牛迷们受此一惊，只有十分之一的人去要回了自己的赌注，再就是伦敦的《每日镜报》也来添乱，往伤口上撒了把盐：它建议西班牙人把板球当作新的全民体育运动。

“你可能是对的，”那个威尔士老家伙说，“也许超主的动机是好的——按照他们的标准，因为有时候跟我们的标准相同。但他们是外来者，不请自来，把我们的世界搅得天翻地覆，摧毁了理想，还有几代人浴血奋战得以保护的国家主权。”

“我来自一个小国，它也曾被迫为自由而战，”斯托姆根反驳说，“但我支持卡列伦。你们可以骚扰他，甚至可以耽搁他，让他不能按期实现他的目的，但到头来什么也改变不了。无疑你们很真诚，相信自己的事业。我可以理解你们害怕世界国家到来之日，那些小国的传统和文化遭到毁灭。但你们错了。墨守成规无济于事，超主到来之前主权国家已行将就木，超主们只是加速了它的死亡。没人能够挽救它，也不该有人挽救它。”

没人答话。对面的人一动不动，一言不发。威尔士人半张着嘴坐在那儿，双眼毫无生气，看上去就是瞎子。他边上的人也没有动，凝固在紧张而不自然的姿势中。斯托姆根吓得喘不上气，站起身向门边退去，这时一个声音打破了沉默。

“说得很好，雷吉，谢谢你。现在我们该走了。”

斯托姆根转过身，朝黑暗的通道望去。在与目光平齐的位置有个普普通通的小球——无疑，这是超主启动的某种神秘力量的来源。斯托姆根隐约觉得他听到了一种嗡嗡声，就像懒洋洋的夏日里一群蜜蜂发出的声音。

“卡列伦！谢天谢地！你到底做了什么？”

“别担心，他们没事儿。算是一种麻醉吧，但比麻醉轻多了。他们不过是比正常时间慢个几千年。我们一走，他们连发生了什么事儿都不知道。”

“你要把他们留在这儿，等警察来处理吗？”

“不，我有更好的打算。我要让他们走。”

斯托姆根感到一阵奇怪的轻松。他朝小屋和里面几个僵住的房客投去一瞥，算是告别。乔单脚立在那里，傻傻地盯着虚空。斯托姆根突然大声笑了起来，伸手向口袋里摸去。

“谢谢你的款待，乔，”他说，“我得给你留点儿什么做纪念。”

他从一堆纸片里翻找着，终于找到了他要的数字。然后，他在一块稍微干净些的纸上仔细写下：

曼哈顿银行：

支付乔一百三十五美元五十美分（$135.50）。

R. 斯托姆根

他把纸条放在波兰人身边，卡列伦问道：“你这到底是干什么？”

“我们斯托姆根家的人从不赊欠。那两个家伙玩牌耍赖，但乔规规矩矩，至少我没抓到他做手脚。”

出门时他感到十分轻松快活，就像年轻了四十岁。金属球移到一旁让他通过。他觉得那应该是一种机器人，这也解释了卡列伦如何能够透过头顶上那么厚的岩层找到他。

“照直走一百米，”小球用卡列伦的声音说，“然后左转，直到我给你下一步指示。”

他急匆匆往前走，尽管他知道没什么必要。小球还悬在走廊里，大概是在为他做殿后。

一分钟后他遇到了第二个球，它在走廊的拐角处等着他。

“你还要走半公里，”它说，“靠左侧走，直到我们再碰头。”

他一路上共遇到小球六次，最后才走到了外面。一开始他还纳闷，小球是怎么跑到自己前面去的，后来他才猜到，一定有一个机器人组成的链条，从矿井深处一直连到地面。出口处，一群警卫像雕像一般一动不动站立着，他们的头上悬浮着又一个无处不在的小球。几米之外的山坡上停着那架小飞行器，斯托姆根每次就是乘坐它去见卡列伦的。

他站了一会儿，让眼睛适应强烈的阳光。然后，他看见四周到处是破破烂烂的采矿机械，远处还有一条废弃的铁路一直通向山那边。几公里外，茂密的森林盘亘在大山脚下，极目之处，斯托姆根看到一个大湖泛着点点波光。他猜测自己的位置应该在南美的某个地方，虽然他说不清这个判断的依据来自何处。

登上小飞行器后，斯托姆根最后看了一眼矿井出口和边上那些凝固的人。舱门在他身后关闭，他长出了一口气，一下子仰坐在熟悉的靠背椅里。

过了一阵等他平静下来，他才发自心底地吐出那个字："嗨？"

"很抱歉我没能立刻赶来救你。不过你看，等所有头目全凑齐了多么重要。"

"你的意思是说，"斯托姆根几乎语无伦次了，"你一直知道我在哪儿？要是我想……"

"你先别急，"卡列伦回答，"至少让我说完。"

"好吧，"斯托姆根沮丧地说，"我听着呢。"他开始怀疑自己不过是一个精心设计的陷阱里的诱饵。

"我用一个——大概用'示踪器'称呼它最为合适——一直在监视着你，"卡列伦说，"你那些新朋友猜得不错，我无法在地下跟踪你，但我一直跟到了井口。隧道里的偷梁换柱做得很巧妙，但第一辆车停止反应后，这计划也就露馅儿了，我很快就再次确定了你的位置。接下来就是坐等时机了。我很清楚，一旦认为我找不到你，那些头目就会到这儿来，我就能把他们一网打尽。”

“可你放了他们！”

“目前为止，我还无法确定这个星球上的二十五亿人中谁是这个组织的真正领导。现在确定了他们的位置，我就能跟踪他们在地球上任何地方的活动，如果我喜欢，还能监视到他们行动的细节。这比把他们锁起来强多了。他们无论采取什么行动，都会出卖余下的同党。他们被有效地压制了，他们也知道这一点。解救你的事情将成为他们的一个不解之谜，你就这样在他们眼前消失了。”

小屋里回荡起那浑厚的笑声。

“整个事情就像一出喜剧，但目的很严肃。我关心的不仅是这个组织的几十个人，我还要考虑这件事对各地的其他组织产生的影响。”

斯托姆根沉默了一会儿。他不太满意，但能理解卡列伦的看法，因此渐渐消了气。

“很遗憾，在我离任的前几周还得做这件事，”他最后说，“从现在起，我要在家里安排警卫。下一个遭绑架的就轮到皮特了。顺便问一句，他干得怎么样？”

“我这一周仔细观察了他，故意没有帮他。总体来说他干得很好，但他不是你的接班人。”

“那算他的运气了。”斯托姆根说，仍然有些愤愤不平，“还有，你从你的上级那儿得到什么答复了吗，关于对我们露面的事？我敢肯定，这是你的敌人反对你的最有力口实。他们一遍又一遍地跟我说：‘如果见不到超主，我们就永远不会相信他们。’”

卡列伦叹了口气。

“没有。我没得到答复。不过我知道那答复是什么。”

斯托姆根没有继续追问。以前他可能会那样做的，但现在，一个计划的模糊构想第一次在他心里变得清晰起来。审讯者的话再次回到了他的脑海。是的，也许可以发明一种仪器……

强迫之下被他拒绝的事情，自由之时他会愿意尝试一下。

04

直到几天前，斯托姆根都没有认真考虑过他现在正在计划的行动。回想那次荒诞可笑的绑架，简直就像一出三流电视剧，但它可能很大程度上改变了他的看法。有生以来，他第一次遭受身体上的暴力事件，这跟在会议室里进行的唇枪舌剑差别太大了。病毒肯定进入了他的血液，或者，他只不过超出自己的预料，提前进入了智力衰退期。

纯粹的好奇也是强大的动因，而且他决意从玩弄了他的把戏中扳回一局。现在已经十分清楚，卡列伦把他当成了诱饵，就算理由多么光明正大，斯托姆根也不打算立刻原谅监理人。

皮埃尔·杜瓦尔看见斯托姆根走进他的办公室，并未表示惊讶。他们是老朋友，秘书长亲自造访科学部主任也是常事。

如果卡列伦或他的下属把监控仪器转到这里来，他自然不会觉得有什么不对劲。

两个人谈了些公事，交换了几句政治传闻，随后，斯托姆根有些犹豫地谈到了正题。来访者说话时，这个老法国人仰坐在椅子里，不停地向上扬起他的眉毛，一毫米又一毫米，直到快跟额发搅到一块儿了。有一两次他好像要说话，但又忍住没说。

等斯托姆根说完，科学家紧张地扫视了一下整个房间。

“你觉得他在偷听吗？”他问。

“我不认为他能听见。他在我身上装了他所谓的示踪器，用来保护我。但那东西在地下不好使，这就是我到你这座地牢里来的原因。这里能阻隔各种辐射波，对吧？卡列伦不是魔术师。他知道我在哪儿，但仅此而已。”

“希望你想得没错。除此之外，要是他发现你在干什么的话，不会有麻烦吗？他迟早会发现的，这你知道。”

“我愿意冒这个险。再说，我们互相很了解。”

这会儿，物理学家摆弄着铅笔，眼睛望着空中。

“这是个十分完美的难题，我喜欢它。”他简短地说，随后低头在抽屉里找出一个巨大的记事本，斯托姆根从未见过这么大的本子。

“好了，”说着，他在本子上狂写起来，那字就像某些个人速记一样潦草难辨，“我得搞清楚所有事实。关于你们会面的那间屋子，你把知道的都告诉我。包括所有细节，无论看上去多琐碎，都别漏掉。”

“实在没什么可描述的。屋子是金属的，大概有八平方米，四米高。一边有个一米见方的屏幕，正下面就是一张桌子，我还是画给你吧，这样还快一些。”

斯托姆根飞快地画着他十分熟悉的房间，然后把画推给杜瓦尔。这让他一下子回想起上次他这么做时的情形，不免浑身激灵了一下。不知道那个瞎眼的威尔士人和他的同伙们怎么样了，对他的突然离去又作何反应。

法国人研究着他的草图，紧皱眉头。

“你能告诉我的就这些？”

杜瓦尔嫌恶地擤了一下鼻子。

“采光呢？你完全是在黑暗中吗？还有通风设备、取暖……”

这种急脾气让斯托姆根莞尔一笑。

“整个天花板都是亮的，至少按我的判断，空气是从通话栅格那儿进来，我不知道是如何排气的，或许气流是按时置换的，可我没注意到。没有任何加热器，但屋子里总是正常温度。”

“那意思，换句话说，是水汽已经冻死，但二氧化碳还没有。”

这个老掉牙的笑话只能让斯托姆根勉强一笑。

“我觉得已经全部告诉你了。”他最后说，“至于那个载我去见卡列伦的机器，我置身其中的空间平淡无奇，跟升降梯的笼子一样，要是没有沙发椅和桌子，两者就毫无区别了。”

几分钟的沉默。物理学家在记事本上小心翼翼地画着一个个微小装饰花边，斯托姆根看着他画，思忖着为什么像杜瓦尔这样比自己更有才华的人，却从未在世界科学领域做成什么大事。他想起一位朋友在美国国务院作出的不太友好，或许也不甚准确的评断：“法国出产世界上最好的二流人物。”杜瓦尔就是这句话的一个佐证。

物理学家满意地对自己点着头，探身过来，用铅笔指着斯托姆根。

“你为什么会觉得，雷吉，你所谓的这个卡列伦的屏幕，就是一个屏幕？”

“我一直觉得它是，它看上去的确像个屏幕。它还能是什么呢？”

“你说它像一个屏幕，你的意思是，它像我们的那种屏幕？”

"就是。"

"我觉得它本身很可疑。我相信超主自己的机构不会使用实体屏幕这样粗糙的东西。他们也许会在空中直接生成图像。卡列伦怎么可能不嫌麻烦地使用电视系统？最简单的解释常常是最好的解释，你说的视觉屏幕会不会仅仅是一块单向玻璃？"

斯托姆根很为自己气恼，坐在那里好一会儿不发一言。回顾往事，他从一开始就没有质疑过卡列伦的说法，但现在回想起来，监理人什么时候说过他使用电视系统了？只不过是他的自以为是罢了。整个事件就是一个心理学上的圈套，他完全被欺骗了，当然，这要假设杜瓦尔的推测是正确的。但纵使还没人证明过任何事情，他又一次跳到结论上了。

"如果你是对的，"他说，"我就该把那块玻璃砸了……"

杜瓦尔叹息一声。

"瞧这些科学的门外汉！你以为那是不用炸药就能砸碎的东西吗？如果你真砸碎了它，你相信卡列伦会与我们呼吸同样的空气吗？让他活在氯气环境中，这对你们两个不都好吗？"

斯托姆根感到有点愚蠢。他本该想到这一点的。

"那么，你有何见教？"他有些恼火地问。

“我想考虑考虑。首先我们要看看我的推测是否正确，了解一下那个屏幕是什么材料做的。我要派几个自己人干。还有，你去会见监理人时带着公文包吧？是你现在拿的这只吗？”

“是。”

“这个够大。我们不用换了，免得引起注意，尤其是卡列伦已经习惯它了。”

“你想让我做什么？”斯托姆根问，“藏一个X光机带去？”

物理学家咧嘴笑了一下。

“我也不知道，但我们得策划一下。我过半个月会告诉你。”

他又笑了起来。

“你知道这让我想起什么？”

“当然，”斯托姆根立刻接上说，“想起你在德国占领期间非法制造收音机。”

杜瓦尔有点儿扫兴。

“哦，我以前的确提过一两次。但还有一件事情……”

“什么？”

“要是你被逮到，我可不知道你要用这些装备做什么。”

“什么？你不是一直嚷嚷，说科学家要为其发明承担社会责任吗？真的，皮埃尔，我真为你害臊。”

斯托姆根放下那个厚厚的文件夹，松了一口气。

“感谢上帝，终于定下来了，”他说，“想到这几百页纸掌握着人类的未来，真是不可思议。世界联邦！从没想过我在有生之年能亲眼得见！”

他把文件夹放进公文包。公文包的后面离那块矩形的黑色屏幕不到十厘米，他下意识地不时用手指摸那锁扣，这是内心紧张的反应，但他不打算在见面结束前按下隐藏的按钮。有可能出错，尽管杜瓦尔发誓说卡列伦绝不会发现，可谁说得准呢？

“还有，你说你有消息要告诉我，”斯托姆根接着说，毫不掩饰自己的急切心情，“是关于……”

“是的，”卡列伦说，“我几个小时前收到了一个决定。”

他这话是什么意思？斯托姆根猜测着。监理人不可能跟远方的老家取得联系，他的基地远在不知多少光年以外。也许——按凡·瑞伯格的推断——他只是咨询了某种可以预测任何政治行动后果的大型计算机。

“我并不认为自由团及其党羽会对此满意，”卡列伦继续说，“但这会化解紧张局面。我们不用记录这些。

“你经常跟我说，雷吉，无论我们外形上与人类有多大差别，人类都会很快适应我们。这说明你缺乏想象力。也许对你来说是这样，但你想过没有，世界上大多数人都没受到过任何程度的教育，他们被各种偏见和迷信所蛊惑，根除它们需要几十年的时间。

“我们对人类心理有所了解，这一点你会认同吧？我们十分清楚在世界现有发展水平下，向人类显露真容会发生什么。我不能讲太详细了，就算跟你也不能，所以你应该接受我的分析，相信它。不过，我们可以做一个明确的允诺，这应该能让你满意些。五十年后，也就是两代人以后，我们会从飞船上走下来，人类最终会看见我们的样子。”

斯托姆根沉默了一会儿，领会着监理人的话。如果说卡列伦的言辞曾经给过他些许满足，现在他却一点儿也没有感受到。实际上，自己的不完全胜利多少让他有些困惑，一时间失去了信心。真相会随时间的推移而大白于天下，他的所有谋划都毫无必要，也许也不明智。如果他继续执行下去，恐怕只是出于私心，因为他活不过五十年。

想必卡列伦看出了他的犹豫，接着说道：“我很遗憾这让你感到失望。但至少，你不必为不远的将来所出现的政治问题负责了。或许你认为我们的担心缺乏根据，但相信我，我们掌握足够的证据，证明其他任何方法都充满危险。”

斯托姆根身子前倾，呼气急促。

“那么说，你们被人类看到过！”

“我没这么说，”卡列伦马上回答，“你们的地球不是我们监理的唯一一个星球。”

斯托姆根不能被他就这么打发了。

“有很多传说，说地球在过去曾被其他外来物种光顾过。”

“我知道。我读过历史研究部的报告，这些报告认为地球就像宇宙的一个十字路口。”

“可能有些外星物种曾经来过，而你们对此一无所知，”斯托姆根说道，希望引他上钩，“你们已经观察我们好几千年了，我看这不太可能吧。”

“我觉得不可能。”卡列伦回答，摆出一副爱莫能助的样子。这一刻，斯托姆根拿定了主意。

“卡列伦，”他突然说，“我要就此起草一个声明，呈交你来批准。但我保留就此事继续纠缠你的权利，一旦发现机会，我会尽全力去弄清你的秘密。”

“我很明白。”监理人说，轻轻笑了一下。

“你不介意吗？”

“一点儿也不。但我画了条线，排除核武器、毒气或任何可能损害我们友谊的方式。”

斯托姆根纳闷，是不是卡列伦知道了什么？在监理人善意说笑的背后，他察觉出了理解的信号，或许，那甚至是一种鼓励。谁知道呢。

“这让我很高兴，”斯托姆根用尽量平稳的音调回答。他站起身，像以往那样合上包盖。他的拇指摸到了锁环。

“我马上就去写那个声明。”他又重复了一遍，“今天晚些时候用电传机传给你。”

他一边说，一边按下按钮。他明白了，所有的恐惧都是多余的。卡列伦的感觉并不比人类敏锐。监理人丝毫没有察觉，因为他说“再见”并念出那熟悉的开门密码时，声音没有任何变化。

但斯托姆根还是有种从百货店偷了东西，在店内监控员的眼前走出去一样的心理。直到那光滑的墙面在身后闭合，他才松了一口气。

“我承认，”凡·瑞伯格说，“我的有些推测并不准确。现在你看看这个怎么样？”

“我必须听吗？”斯托姆根轻叹一声。

瑞伯格并没在意。

“实际上这并不是我的主意，”他谦虚地说，“是我从切斯特顿的小说里得来的。假设超主隐瞒的事情恰恰是他们没什么可隐瞒的呢？”

“这听上去有点儿复杂，”斯托姆根说道，稍稍提起了一些兴趣。

“我的意思是，”凡·瑞伯格急切地说，“我认为形体上他们跟我们人类一样。他们发现我们能容忍被一种我们想象的——比如，外星人或者超级智慧的生物统治，但人类就其本身而言，不能被同种类的生物所主宰。”

“非常独到，跟你以前的那些理论一样，”斯托姆根说，“希望你给这些作品编个号，好让我一个个记住。这次的缺陷是……”话说到这儿，亚历山大·温莱特被引进门来。

斯托姆根不知他在打什么算盘，也不知温莱特是否跟绑架他的那些人接触过。他对此有所怀疑，因为他相信温莱特真心实意地反对暴力。他团体中那些极端分子已经声名扫地，会销声匿迹很长时间。

自由团的首领认真听着那份声明的草案。斯托姆根希望他喜欢这个姿态，那是卡列伦的主意。不到十二个小时之后，地球人就会都知道这个为其孙子辈所做的承诺。

“五十年，”温莱特思忖着，“要等这么长时间。”

“对人类来说长，对卡列伦来说则不然。”斯托姆根回答。现在他才意识到超主采取了一个十分巧妙的解决方案。这让他们有足够的喘息空间，同时给自由团来了个釜底抽薪，让他们无法立足。他并不认为自由团会乖乖服输，但他们的地位会被严重削弱。温莱特想必也意识到了这一点。

“五十年后，”他痛苦地说，“破坏已经造成。记得我们曾有过独立的人都死了，人类早已忘记了他们的传统。”

空话，无谓的空话。斯托姆根想。为了这些空话，人类曾不惜奋战牺牲，但今后他们将再也不会为言辞而斗争，甚至不惜生命。世界会由此变得更好。

看着温莱特离去的背影，斯托姆根想，不知日后自由团还会惹出多少麻烦。但想到这些麻烦都留给继任者了，他的心情又轻松了一些。

有些东西只能由时间来治愈。恶人会被消灭，而对受到迷惑的好人就什么也不能做。

“这是你的提箱，”杜瓦尔说，“还跟新的一样。”

“谢谢，”斯托姆根回答，还是仔细查看了一下，“现在你该告诉我到底怎么回事了吧，下一步我们该做什么？”

物理学家若有所思。

“我弄不明白的是，”他说，“我们就这么容易搞到手了。现在我要是卡列……”

“可你不是。言归正传吧，说说我们发现了什么？”

“唉，你们这些感情冲动的北欧人！”杜瓦尔感叹道，“我们做的就是一个低功率雷达装置。除了高频率的无线电波，它还用了远红外波，实际上，我们确信没有任何生物能够看到它，无论它的眼睛构造多么奇特。”

“你就这么有把握？”斯托姆根问，对这种技术问题一下子来了兴趣，连他自己都觉得意外。

“是的，我们并无完全把握，”杜瓦尔勉强承认说，“但卡列伦是在普通光线下看你的，对吧？这就是说，他的眼睛的光谱范围跟我们的差不多。不管怎么说，这仪器生效了。我们证明你那个屏幕后面有一个大房间。屏幕的厚度为三厘米左右，后面的空间至少十米见深。我们没有测到远端墙体发出的任何回波，我们不敢使用更高功率的雷达，所以也没指望测到什么。不过，我们还是有收获的。”

他递过来一张相纸，上面只有一条波形线，其中有一处扭结起来，像微弱地震的波形图。

“看到这个扭结的地方了？”

“看到了。那是什么？”

“正是卡列伦。”

“天啊！你敢肯定？”

“一点儿错都没有。他坐着，或站着，或者在干其他什么，大概在屏幕后面两米远的地方。如果仪器的辨析力再好点儿，我们或许能测算出他的个头。”

斯托姆根盯着那根模糊而曲里拐弯的线条，心情很是复杂。直到如今都没有任何证据证明卡列伦确有物质实体，眼下的证物也不太直接，但他仍然毫无疑虑地接受了。

“我们做的另一件事是，”杜瓦尔开口道，“计算那屏幕在普通光线下的透光性。我们对此有个合理的想法，十有八九的把握，就算有一分错也无关紧要。你会发现，真正的单向玻璃并不存在，这只不过是光线布置的问题。卡列伦坐在黑暗的房间里，你在明处，就这么简单。”杜瓦尔嘿嘿笑了，“我们这就把它改变一下！”

他用魔术师变出一窝小兔子的架势，走到书桌那儿，拖出一个巨大的闪光灯。它的一端向外散开呈宽大的喷嘴状，整个家伙就像一支大口径短枪。

杜瓦尔咧嘴一笑。

“它不像看上去那么可怕。你只管把喷嘴抵住屏幕，扣动扳机就行。它会发出强光，持续十秒钟，你这会儿就可以摆动它，扫视那个房间，好好看看。所有光线会穿过玻璃，把你的朋友照个全身发亮。”

“不会伤害卡列伦吧？”

“如果你先对准下面，从下往上扫就不会。这能让他的眼睛有时间适应。我觉得他的眼睛跟我们一样，会做保护性反射的。我们不希望把他照瞎了。”

斯托姆根犹疑地打量着这件武器，用手掂了掂。几周以来他的良心备受煎熬。卡列伦对他，除了偶尔说话惊人地直率以外，一直以毋庸置疑的友情相待。现在他们相处的时间就快到头，他不希望发生任何破坏友情的事情。不过，他已经警告过监理人了，斯托姆根相信如果卡列伦自己能做主，他可能早就现身了。现在，这一决定已经为他量身定做好了：他们最后一次见面结束的时候，斯托姆根要一窥卡列伦的那张脸。

当然，如果卡列伦真有一张脸。

斯托姆根最开始有过的那种紧张感早已消失。卡列伦只是在不停地说，时而编织出一些复杂难解的句子。斯托姆根曾一度将其看作卡列伦所有天赋中最出色、最令人意想不到的部分，现在看来也没有多了不起了，他知道，这就像监理人的大部分能力一样，纯粹是智能的计算结果，不是什么特殊天分。

卡列伦放慢思考以便适应人类的语速，腾出空来遣词造句，要多少有多少。

“你和你的继任没必要担心自由团，就算它从目前的败局中恢复元气也没关系。上个月它非常安静，虽然还会东山再起，但几年之内没有什么危险。实际上，有了它才能知道你的对手时刻在做什么，这一点非常重要，因此，自由团是个非常有用的组织。要是它遭遇财政困难，我甚至还可能出钱资助。”

斯托姆根时常无法分清卡列伦是不是在开玩笑。他保持一脸的冷漠，继续往下听。

“很快自由团就会失去另一个抗辩的理由了。这几年来，它们对你所持的特殊立场有过大量的批评，但全都有些幼稚。在我管理地球的最初阶段，你的立场对我非常有价值，但现在，世界正按照我所计划的路线前行，这种中间人的角色就可以终止了。往后，我不再同地球进行直接联系，秘书长的职责也恢复到原来应有的状态。

“五十年内会出现很多危机，但都会过去。未来的格局已十分清晰，有朝一日所有的困难都会被遗忘——甚至像你们这样拥有长久记忆的人种，也会遗忘。”

最后这句话带有一种特殊的强调意味，让斯托姆根立刻僵在了椅子上。他清楚卡列伦从未出现过口误，言语闪失几率可以用小数点后很多位计算。但现在没有时间提问——显然也不会得到回答——卡列伦又一次换了话题。

“你一直在问我们的远期计划是什么，”他继续说，“创建世界联邦，当然了，不过是第一步。你会活着看见它的成立，但变化很难察觉，很少有人注意到它的来临。随后是缓慢的巩固期，等你们人类变得适合接纳我们，我们承诺的那一天就来临了。我很遗憾，那时候你已不在世了。”

斯托姆根大睁双眼，但他凝视的是黑暗屏幕后面的远处。他也在遥望未来，想象着自己无法看见的那一天，超主的巨大飞船终于在地球着陆，向久候的人们打开舱门。

“到那天，”卡列伦继续说，“人类会有一种只能称作‘心理中断’的经历。这不会造成永久性损伤，那个时代的人要比他们的爷爷辈更稳定一些。我们会一直是他们生命中的一部分，他们见到我们时，不会像你们见到我们那样大惊小怪。”

斯托姆根从未见过卡列伦如此沉湎于冥想，但他也不觉得奇怪。他相信自己对监理人性格的诸多侧面只略识一二。真实的卡列伦未被世人所知，或许无法被人类所知。斯托姆根再次感到监理人的真正兴趣在其他地方，统治地球不过占用了他一部分心力，不用花费太多，就像三维棋大师玩普通的跳棋一样。

“然后呢？”斯托姆根轻声问。

“然后我们就可以开始做我们的正事了。”

“我常想那到底是什么。世界整合和人类文明化只是一种手段，总有结束的时候。我们或许可以走出去，进入太空，看看你们的宇宙——或许我们可以帮助你们完成某种艰巨任务？”

“你可以这么说，”卡列伦说。这时，他的声音带了一种明显但难以解释的悲伤，这让斯托姆根感到莫名的不安。

“但是，假如最后你在人类身上做的试验失败了呢？这种事情我们了解，跟原始人部落打交道就是这样。你们也有失败的时候吧？”

“有过，”卡列伦说，声音很轻，斯托姆根几乎听不到，“我们也失败过。”

“那你们怎么办？”

“我们等待，然后从头再来。”

沉默持续了大概五秒钟。卡列伦再开口时，出言之意外，让斯托姆根一时没反应过来。

“再见，雷吉！”

卡列伦把他要了！大概现在已经太晚了。斯托姆根只愣了一下，然后，他迅速而熟练地抽出那支闪光枪，把它抵在玻璃上。

松树林一直延伸到湖畔，只在岸边留出几米宽的一条草地。

每天晚上，只要天气还算暖和，90岁高龄的斯托姆根都会沿这条小径往码头那边散步，看着日光在水面上渐渐散去，然后在森林送来寒夜的冷风之前回到他的房子。这简单的仪式化散步给了他很多满足，只要体力允许，他会一直做下去。

远处湖面上，有个什么东西从西边飞来，飞得很低，很快。这块地方不常见到飞机，如果不算那每小时一班的跨极地班机。班机不分昼夜在头顶上飞过，但从没见过飞机出现，只偶然见到它留在同温层蓝色背景上的气体尾巴。这是一架小型直升机，直冲他飞过来，目的十分明确。斯托姆根扫视了一下湖岸，看到自己无处可逃，只得一耸肩膀，在码头前端的一张木椅上坐下。

那记者过于谦恭的样子让斯托姆根有些吃惊。他几乎已经忘了自己不但是个老资格的政治家，而且，在他的国家以外，还算得上是个神秘人物。

“斯托姆根先生，”造访者说，“我很抱歉打扰您，我们刚听到一些有关超主的消息，希望您愿意就此事谈谈看法。”

斯托姆根微微皱了一下眉头。过了这么多年，他仍然跟卡列伦一样讨厌“超主”这个字眼。

“我认为，”他说，“我不能再做任何补充，为别处的那些报道添枝加叶了。”

那记者专注地看着他，眼神中充满好奇。

“我认为您可以。我们听说了一个非常奇特的故事，大约三十年前，科学部的一名技师为您制造了一个非常特殊的装置。我们希望您能给我们讲讲这件事。”

斯托姆根沉默了一阵儿，他的思绪回到了过去。秘密被人发现，对此他并不惊讶。实际上，它竟然隐藏了如此之久，这才让人吃惊。

他站起身来，沿着码头往回走，记者在几步之外紧跟着他。

“那个故事确有其事，”他说，“我最后一次造访卡列伦的飞船时，随身带着一些仪器，希望能见一见监理人。这件事做得很蠢，不过呢，那会儿我刚60岁。”

他自嘲般地笑了一下，然后接着说：“这故事不值得你跑这么远。你知道，那玩意儿没起作用。”

“你什么也没看到？”

“没有，什么都没有。恐怕你还得继续等下去，但毕竟只剩下二十年了！”

还有二十年。不错，卡列伦是对的。到那时，世界就准备就绪了，而三十年前他对杜瓦尔说出同样的谎言时，世界还远远没有准备好。

卡列伦信任他，斯托姆根也没有背叛自己的忠诚。他确信卡列伦一开始就知道自己的计划，预见到了他最后行动的每一瞬间。

当那束光投射在巨大的椅子上，那里已经空空如也！他急急地晃动着光柱，生怕已经来不及。等他看到一扇两人多高的金属门时，它也一下子关上了，不快也不慢。

是的，卡列伦信任他，不希望他在余生中长夜难眠，被一个无法解释的谜团所煎熬。卡列伦不敢违抗在他之上的未知权力（是否与他同属一个种族呢？），但他已尽力而为了。如果他曾违背律令，他们也无法证明。斯托姆根知道，这最终证明卡列伦喜欢他，尽管这可能像一个人喜爱他忠实而又聪明的狗，但其真心程度却也毫不逊色，这是斯托姆根一生得到的最大满足。

“我们也失败过。”

是的，卡列伦，是这样。在人类历史初期就遭遇了失败的是你们吗？那的确算得上一次失败，斯托姆根想，那失败的回声传彻一个个时代，搅扰着不同种族人类的童年，五十年后，你们能够战胜世上的所有神话和传说吗？

斯托姆根知道，不会有第二次失败了。

两个族类再次相遇时，超主将会赢得人类的信任和友谊，甚至相认带来的震惊也不会破坏这一切。他们会一同走向未来，那些因未知的灾难而变得暗淡的过去将永远消失在史前时代幽暗的通道中。

斯托姆根希望卡列伦再次来地球闲游时，能到这片北部森林看一看，在他的第一个地球人朋友的墓前稍作停留。

第二部分

/黄金时代

05

“就在今天！”各家电台以上百种语言传送着消息。

“就在今天！”上千家报纸刊出这样的头条。

“就在今天！”摄影记者们满脑子想着这句话，一次次检查设备，他们已经聚集在卡列伦的飞船将要降落的巨大空场上。

现在，只有一艘孤零零的飞船悬停在纽约上空。实际上，整个世界刚刚发现，人类其他城市上空的那些飞船从不存在。一天以前，伟大的超主舰队四散无踪，就像晨露时分的雾气，消失得一干二净。

那些来往于太空深处的补给船真真切切，而一辈子都高悬在地球大部分都市上空的银色云团不过是一场幻象。没人知道这到底是怎么回事，但现在看来，那些飞船不过是卡列伦自己那条船的影子。这绝不是简单的光影游戏，因为它们也骗过了雷达，而且一些还在世的目击者发誓说，他们曾听见过舰队穿入地球上空时撕裂空气发出的尖啸。

这些都不重要。问题的关键是卡列伦觉得已经没有必要再炫耀武力。他已经把心理武器丢到一边去了。

“船在移动！”这句话顷刻间飞速传出，遍及地球的每个角落。“它朝西面去了！”

大船以每小时近千公里的速度，缓慢下降到同温层的高度，朝大平原下降，朝向第二个即将永载史册的地点。它顺从地降落在等候已久的摄影机和几千名拥挤的人群面前——这些人倒不如坐在电视机前的几百万名观众看得更清楚。

庞大的质量本来会让大地绽裂和震颤，但飞船仍被驱遣它在群星中游弋的某种力量掌控着，着陆十分轻柔，就像飞落的雪花亲吻地面。

高出地面二十米的弧形墙体似乎流动起来，闪着光彩。在平滑光亮的表面，一个大大的开口出现了。里面什么也看不见，就连摄像机镜头也无法探清，那就像一个深不见底的山洞。

一个闪着光亮的宽大舷梯从开口处吐了出来，一直伸向地面。它像一块坚硬的金属板，两边带着扶手。上面没有台阶，像是一块又陡又滑的滑梯，让人根本无法正常上下。

全世界都望向这个洞口，但什么事情也没有发生。随后，卡列伦那很少被人听到却又令人难忘的声音从某个隐蔽处飘然而至，他的话完全超乎人们的预料：“舷梯下面有一些孩子，我想让其中两个上来见我。”

一片静默。过了一会儿，一个男孩和一个女孩走出人群，完全没有意识到自己在做什么。他们走上舷梯，走入了历史。其他的孩子跟了上去，但船上卡列伦的笑声让他们停住了脚步。

“两个就够了。”

两个孩子急于参与冒险——他们的年龄还不到六岁——一下子就跳上了金属滑梯。接着，第一个奇迹出现了。

他们高兴地朝下面的人群挥手，朝他们焦虑的父母亲挥手——他们的父母好像这会儿才想起那个花衣吹笛人[①]的传说，但为时已晚，孩子们开始快速登上陡坡。不过，他们的两条腿并没有动，接着，人们还看到他们的身体与奇特的舷梯形成了直角。那舷梯自有一种引力，不受地球引力的束缚。两个孩子感到新奇万分，弄不明白是什么东西在把他们拉到上面，随后就消失在飞船中。

漫无边际的静默笼罩在整个世界上，虽然后来所有人都觉

① 源自德国的传说，花衣吹笛人为闹鼠疫的哈梅林镇驱走了老鼠，却未能获得事先约定的报酬，作为报复，他吹起笛子，带走了全镇的孩子。

得时间十分漫长，但其实总共才二十秒。然后，大开口处的黑暗似乎向前移动了一些，卡列伦上前一步走到了阳光下，男孩坐在他的左手臂上，女孩坐在右手臂上，两个孩子在摆弄着卡列伦的翅膀，无暇顾及下面观望的人群。

这得归功于超主们对人类心理的研究，加上他们经过了多年悉心的准备，现场只有少数几个人晕倒。但在世界的某些地方可能还有为数更少的另一种人，他们的心灵并未感到亘古恐惧的拂拭，理智就在转瞬之间将这恐惧永久驱散了。

没错，羽毛的翅膀、小小的犄角、带刺的尾巴，一应俱全。传说中最恐怖的东西活了起来，脱离未知的过去。现在它站在那儿微笑，古树般伟岸，阳光倾泻在它巨大的身躯上，双臂上坐着两个对它备感信赖的人类之子。

06

用五十年的时间去改变世界和人类，足以使两者面目全非，无法辨认。完成这种使命所需要的，是健全的社会工程学知识、对最终目标的高瞻远瞩以及足够的实力。

超主拥有这一切。尽管目的秘而不宣，但他们显然拥有足够的知识和实力。这实力形式多样，只为极少数命运受超主统治的人们所知。那力量珍藏在他们巨大的飞船中，有目共睹。但除昭示众人的沉睡力量外，还有其他微妙得多的武器。

“所有政治问题，”有一次卡列伦告诉斯托姆根，“只要施以正确的力量，都能解决。”

“这听上去实在有点儿玩世不恭。”斯托姆根含混地回答，“就好像说‘强权即公理’一样。在我们过去的年月，使用权力明显无法解决任何问题。”

“关键的是‘正确’一词。你们从未拥有过真正的力量，或者，没有足够的知识去使用它。所有问题都如此，存在高效率和低效率的处理方式。比如，你们的某个国家的统治者丧心病狂，想要反对我，对付这种威胁，最无效的手段是动用以原子弹为形式的几十亿的马力。如果我用了足够的炸弹，问题也就一了百了了。但就像我说过的一样，这是低效方法，哪怕它没有别的缺陷。”

“高效的解决办法呢？”

“只需要小无线电发射机那么大的能量，以及一点儿操控技巧。因为决定一切的是力量的使用，而不是力量的大小。如果希特勒无论走到哪儿，总是有人在他耳边低语，或者有个音符一直高声响着，淹没其他所有声音，让他睡不成觉，整日整夜灌进他的脑子，他这个德国大独裁者的日子能长得了吗？这种手段毫不残忍，你同意吧？分析下来，就结果而言，它却与投放一枚氚弹差不了多少。”

“我明白了，”斯托姆根说，“这种声音躲不了吗？”

“如果我觉得理由足够充分的话，我的这个——哦，设计，能向任何地方发送声音。因此，我从不会使用过激手段来维护我的立场。”

这么说，那些飞船只不过是象征物，现在，整个世界都明白了，除了卡列伦这一艘以外，其他全是幻影。

不过，它们一出现，就改变了地球人的历史。现在，任务已经完成，它们的功绩将世代流传下去。

卡列伦估计得很准。情绪上的震动很快就过去了，但仍有不少人，尽管自豪地认为自己丝毫没有迷信的思想，却始终无法面对超主中的任何人。这里面有点儿奇怪，无法用理性和逻辑来解释。中世纪时，人们相信并害怕魔鬼，但现在是21世纪——难道说，到头来真有所谓的种族记忆这回事儿?

当然，人们普遍假定超主或者同种类的生物曾与古人类有过激烈冲突，这种相遇一定存留在遥远的过去，而在有记录的历史中找不到它的任何痕迹。还有一个谜，卡列伦不会帮忙解开它。

超主们虽然已经在人类面前亮相，但却很少离开他们唯一的飞船。或许地球让他们的身体不舒服，他们的个头和翅膀，说明他们来自一个引力小得多的世界。从没见过他们什么时候不戴那条机械结构复杂的腰带，一般认为那是用于控制体重和互相联络的。直接暴露在阳光下会让他们痛苦，连几秒钟都忍受不了。一旦他们必须外出，无论时间长短都得戴上墨镜，因此看上去怪模怪样的。尽管他们好像可以呼吸地球的空气，但有时还是带着气筒，偶尔吸上一口提提神。

他们的超然态度可能完全是身体上的原因。只有很少一部分人实际见到过某位超主。没人猜得出卡列伦飞船上到底装了多少。看到他们同时出现时最多不超过五个，但巨大的飞船里也许有几百甚至几千。

从很多方面看，超主的露面带来的问题比他们解决的问题更多。他们的来历依然没有弄清，其生物属性也引发出无尽的猜测和思索。他们可以在许多问题上直言相告，但就另一些问题，他们的行为就只能用“神秘”来形容。不过，总体说来，除了科学家，谁也不关心这个。一般的人大概都不愿意碰到这些超主，但还是打心眼儿里感激他们为地球所做的一切。

按过去时代的标准，这就是乌托邦。无知、疾病、贫困和恐惧实际上已不复存在。战争的记忆就像黎明时消失的噩梦一样，与过去一同隐没，很快就成了所有活着的人经历之外的事了。

人类的精力直接被引入建设性的渠道，地球的面貌得以重塑。这完全就是一个新世界。那些对前几代人来说已经很不错的城市又被重建，或者由于不再有用而被荒废，当成了博物馆标本。工商业模式已经完全改变，很多城市就这样遭到废弃。生产大部分自动化——机器人工厂为消费者提供源源不断的产品，生活必需品完全免费。人们要么是为了奢求某种高档享乐而工作，要么就什么工作都不做。

这是一个大同世界。原有国家的旧名字仍在使用，但这不过是为了有个方便的邮政区划。世界上没有人不会讲英语、不认识字、看不到电视或不能在二十四小时内到达地球的另一面。

犯罪实际上已经消失。犯罪既没有必要，也不可能。谁都不缺少什么，偷窃毫无必要。此外，所有潜在的罪犯都知道超主的监控无处不在。在统治的初期，他们为维护法律和秩序所做的干预十分有效，教训令人刻骨铭心。

由情感引发的犯罪虽然并未绝迹，但是至少几乎少有耳闻。现在，大多心理问题都已得到解决，人类心智多了一份理性，少了一份感性。前几代人可能会称为恶行的事，现在看来不过是古怪行为，或者顶多算得上有失体统。

最显著的变化是20世纪特有的疯狂发展速度放慢了，生活较前几代人更悠闲。虽然有少数人觉得日子过得缺乏激情，但对大多数人来说更平静、更祥和了。西方人重新学会了世界其他地方的人从未忘却的东西：只要不是彻底的懒惰，悠闲地生活绝非罪过。

不管未来会带来什么问题，时间还是一样轻快前行，从人们手边溜走。现在的教育更为彻底，持续的时间更长。很少有人在20岁前离开学校，而这时也仅仅完成了第一阶段的教育，经过旅行和体验，拓宽了思想，然后他们在25岁时回到校园，再读上三年书。尽管这样，他们日后或许还要偶尔进修几门自己感兴趣的课程。

人类延长的学习期超过了体格成熟的最初阶段，由此衍生很多社会变革。有些改变是早在几代人之前就必须要面对的，但早期人们拒绝面对挑战，或者假装没必要变革。值得一提的是性的习俗模式——如果之前的单一方式也算是一种习俗模式的话——发生了根本改变。两个发明彻底动摇了传统的根基，讽刺的是，这些发明完全来自人类，跟超主毫无干系。

头一个发明是绝对可靠的口服避孕药，第二个发明跟指纹识别同样可信，通过对血液进行极其细致的分析来鉴别新生儿的生父。这两种发明对人类社会造成的影响只能用“破坏性”三个字来形容，清教徒的狭隘思想残余被一扫而光。

另一个巨大变化是新社会极大的流动性。完善的航空交通让任何人都能在片刻间前往另一个地方。天空比地上的道路更为宽裕通达，21世纪在较大范围内重复了美国建立“车轮上的国家”的壮举，它让世界长了翅膀。

说翅膀也不确切——普通的私人飞行器和空中客车就没有翅膀，也没有可见的控制台面。连旧式直升机笨拙的螺旋桨也被淘汰了。不过，人类还未发现反引力，只有超主掌握这个终极秘密。人类的空中汽车靠的是莱特兄弟理解的那套原理。喷气动力直接作用，辅以形式更微妙的高度控制，将飞行器前推升入空中。无处不在的小型空中汽车打破了人类不同族群的最后界限，这是超主的法律法规所不能企及的。

更深刻的变化也已发生。这是一个完全世俗的时代。超主到来之前存在于世的那些信仰，只有一个经过净化的佛教派别（它或许是最为严苛的一种宗教）存活下来。以奇迹和启示为基础的宗教信条彻底崩溃。随着教育的兴盛，宗教日渐衰微，但超主一时并未明确立场。时常有人问起卡列伦对宗教的看法，他总是回答说这是个人的事情，只要不妨碍别人的自由就行。

如果不是人类的好奇心重，旧的宗教信仰或许会再持续几代人。人们知道超主能回到过去，因此历史学家多次请求卡列伦出面平息关于古代的一些论战。也许是这些问题让他心烦，但更有可能的是，他很清楚自己的慷慨相助会带来什么结果……

他以永久借用的形式给了世界历史基金会一台仪器。那只是一台电视接收机，带有一个精致的控制器，用来控制时空同步。它可能与卡列伦飞船上复杂得多，且无人知晓操作原理的机器相连接。只消在控制器上轻轻一按，朝向过去的窗口就打开了。人类五千年的全部历史转瞬间近在眼前。机器去不了更早的时空，屏幕上一片空白，令人沮丧。也许这是自然的原因造成的，也许超主刻意不想让人看到。

尽管任何有头脑的人都清楚，世界上所有的宗教著述都可能不真实，但这次探究带来的震撼仍十分强烈。新的发现不容置疑，超主使用了某种不为人知的魔法，让人看见世上所有主要宗教的真正起源。它们中的大部分都出于高贵的目的，能够振奋人心——但这并不足以让它们继续存在。几天之内，人类的各种救世主便失去了神性。在强烈而冷静的真理之光的照耀下，两千年以来支撑了几百万人的信仰如朝露一样消散。宗教塑造的善与恶也一朝成为过去，再也不能影响人类的心智。

人类失去了古老的神灵，现在他们已经成熟，不再需要新的神灵。

不过，很少有人发现，宗教没落的同时，科学也在衰退。技术方面人才济济，拓展人类知识前沿的创新者却寥寥无几。好奇心依然存在，受安逸生活的滋养与纵容，但人类却无心顾及基础科学的研究。花上一辈子时间破解那些超主早就揭开的谜，实在没有出息。

这种衰退部分地被动物学、植物学和观测天文学等记述科学的巨大繁荣所掩盖。从未出现过如此众多的业余科学家，出于自身爱好而搜集数据事实，却少有理论家总结这些事实的相关性。

各种纷争和冲突的终结也意味着创造性艺术的终结。专业和业余的表演家多如牛毛，但一整代都没有出现真正优秀的文学、音乐、绘画或雕塑作品。世界仍停留在过去的辉煌中，那过去再不复返。

只有少数哲学家感到焦虑。人类过于沉迷于享受新发现的自由，无法透过眼前的乐趣看到未来。乌托邦终于降临，它带来的新奇尚未被所有乌托邦的天敌——厌倦所袭扰。

或许超主对此已有答案，就像他们解决其他所有问题那样——超主已经来了一代人的时间，人们并不比以前知道得更多，没人知道他们的最终目的是什么。人类开始相信他们，坚信卡列伦和他的伙伴们是出于超人的利他主义动机才远离家乡来到地球的。

希望的确是利他主义。对超主的政策是否始终符合人类的福祉，仍有些人心存怀疑。

07

鲁珀特·鲍依斯发出晚会请柬后，客人飞行前来的总里程数着实让人吃惊。暂且列出头一打客人吧：阿德莱德的福斯特夫妇，海地的肖恩伯格夫妇、斯大林格勒的法兰夫妇、辛辛那提的莫拉维亚夫妇、巴黎的伊万科夫妇，还有复活节岛附近，但在四公里以下海床上的萨利文夫妇。尽管只邀请三十位客人，却来了四十多位，鲁珀特觉得很受恭维，这与他的预料大体相仿。唯独克劳塞夫妇让他失望，但也不过是因为忘记了国际日期变更线的事儿，晚到了二十四小时。

中午时分，各种飞行器在空场摆出壮观阵势，晚到的只能找地方降落，再走上一段距离，至少，在大晴天110华氏度的气温下，那距离显得有点儿长。列阵的飞行器从单座的“小飞虫”到飞行宫殿般的家用凯迪拉克一应俱全。不过，这年月人们已经不再以出行的时尚评判客人的社会地位了。

“这房子真丑，”简·莫瑞尔在“流星”飞行器盘旋下降时说，“简直像个被人踩扁的盒子。”

乔治·格瑞森习惯了老式驾驶，讨厌自动降落，他重新调了调下降速度，然后才答话。

“从这个角度评价它不太公平，”他通情达理地说，“从地面水平看就不一样了。噢，天啊！”

“怎么回事？”

“福斯特一家也在。瞧那色彩搭配，到哪儿我都能认出他们来。”

“你不愿意跟他们说话，就别说呗。鲁珀特的聚会就有这点儿好处：要寻清静，往人堆里一躲就行了。”

乔治选了一块着陆的地方，对准它降落。他们平稳着地，左侧也停着一架“流星”，另一侧的车是什么型号，两个人谁也说不上来。它飞得很快，简觉得一定很不舒服。她想，那准是鲁珀特某个玩技术的朋友自己制造的。她记得好像有条法律禁止人们干这种事。

一下飞行器，热浪就像喷灯爆出的气流一样击打着他们。他们身上的水分几乎被吸干了，乔治觉得他的皮肤仿佛在开裂。当然，这有一部分要怪他们自己。他们三小时前离开阿拉斯加时就该记得调节舱内的温度。

“在这儿可要怎么活啊！”简气喘吁吁，“我还以为这气候可以控制呢。”

“的确可以，”乔治答道，“过去这儿全是沙漠，你看看现在。走吧，进到屋里就没事了！”

鲁珀特的声音兴高采烈，欢快地在他们耳边回响。声音的主人站在飞行器旁边，两只手里各有一只酒杯，一脸调皮的样子俯视着他们。说他俯视，是因为他本人身高十二英尺，还是半透明的，让人一眼就能“看透”。

“这么要弄你的客人合适吗？”乔治抗议道，一边去抓饮料，却只够到了他的手，当然是一穿而过，“希望我们进屋的时候，你给我们来点儿真格的。”

“放心吧，”鲁珀特笑着说，“我现在就给你下单，你进屋之后就都备好了。”

“两大杯啤酒，液态气体冷却，”乔治马上说，“我们马上就到。”

鲁珀特点点头，把一只手里的酒杯放在隐形桌子上，按下了同样隐形的操控器，一下子从人们眼前消失了。

“嘿！我还是第一次看见有人使这玩意儿呢。鲁珀特是怎么弄到手的？我以为只有超主才有呢。”简说。

“只要是他想要的东西，你听说过有什么他弄不到手的吗？”乔治答道，“那就是个玩具。他能舒舒服服地坐在工作室里，跑遍半个非洲。没有炎热，没有昆虫叮咬，不用花力气，冰箱触手可及。我很纳闷，斯坦利和利文斯顿若有知，他们会作何感想？”

炽热的太阳让他们中断了谈话，径直朝房子走去。他们一靠近前门（从面前的一片玻璃墙上认出它来并不容易），门就自动打开了，霎时间号角齐鸣。简觉得自己肯定得被这号角声折磨一整天。

现任鲍依斯夫人在凉爽宜人的前厅迎接他们，事实上，她才是宾客盈门的主要原因。大概半数的人是为了看看鲁珀特的新家，拿不定主意的那些人最后是被鲁珀特新妻的报道吸引来的。

要形容她，用一个词再合适不过：风情万种。虽说这里美女如云，但她进屋的那一刻，男人们的目光全被吸引过去了。乔治猜，她有四分之一黑人血统。希腊美女的身材，长发流光溢彩，唯有暗色的皮肤——只能拿那个用烂了的词“巧克力色”来形容——让人看出她的混杂血统。

“你们是简和乔治，对吧？”她开口道，拉着简的手，

“真高兴见到你们。鲁珀特正在调一种复杂的饮料，来吧，去见见大家。”

她那浑厚的女低音让乔治觉得后背上下一阵发痒，就好像有人在把他脊梁骨当笛子吹。他不安地看了看简，后者勉强在脸上挤出一个做作的笑容来。他终于稳住了自己的情绪。

“非、非常高兴见到你，”他支吾道，“我们一直盼着这次聚会。”

“鲁珀特的聚会每次都很精彩，”简加了进来。她在“每次”上加重语气，不难看出她想的是“每次他结婚”。乔治有点儿脸红，朝简投去责备的一瞥，但看来他们的女主人并没有介怀。她满心友善地引着他们进了主客厅。客厅被占了一半，鲁珀特众多朋友的代表们济济一堂。鲁珀特自己则坐在一个类似电视工程师的操控台前，乔治寻思，就是这个装置把鲁珀特的图像发送到外面迎接他们的。鲁珀特正忙着为两个刚到停车场的客人制造惊喜，抽空跟简和乔治打了声招呼，为刚才把他们的饮料给了别人而道歉。

“那边有不少喝的，自己去找吧，”他说，一只手朝身后随便挥了一下，另一只手依然按着各种控制键，“别拘束。这里的大多数人你们都认识。其他人玛娅会给你们介绍。谢谢你们光临。”

“谢谢你邀请我们。”简有些含混地说。乔治抬腿朝酒吧走去，简也随后跟上，跟认识的人打打招呼。在场的人里头他们有四分之三不认识，这是鲁珀特的聚会上常有的事儿。

“咱们到处探索一下吧，”喝过饮料，跟熟人一次次摆手之后，简对乔治说，“我想看看这房子。”

乔治不加掩饰地回头瞧了一眼玛娅·鲍依斯，跟上了简。简一点也不喜欢他那种迷离的目光。男人本质上喜欢妻妾成群，这真让人讨厌，但从另一方面看，如果他们不这样……是啊，说到底，也许还是这样更好些。

乔治很快恢复了常态，他们开始研究鲁珀特新居的种种奇观。这房子两个人用太大了，但是从经常需要容纳这么多人的角度看，也刚好合适。房子有两层，上层要比下层大很多，向外凸出，在底层四周投下一片阴凉。屋子的机械化程度很高，厨房简直就像一架客机的客舱。

“可怜的鲁比！”简说，“她肯定会喜欢这房子的。”

“就我所知，”乔治说，他不怎么同情那位前鲍依斯太太，“她跟澳大利亚男友过得很开心。”

对这种尽人皆知的事简也无法反驳，于是就换了个话题。

“她特别漂亮，是吧？”

乔治对这种圈套一直保有足够警惕。

“啊，就算是吧，”他漠然地说，“当然，还得有人喜欢那种深肤色的。”

“你不喜欢吧，我想？”简甜蜜地说。

“别吃醋，亲爱的，”乔治笑了，捋了一下她浅金色的头发，“我们去看看书房吧。你觉得它应该在哪一层？”

“应该在上面。下面没有更多房间了。再说，这也跟整体的设计相配。所有饮食起居等等都归在一楼，这儿属于娱乐游戏区——不过我还是觉得把游泳池放楼上有点儿发疯。”

“我想这里面有一定的原因吧，”乔治说着，试着推开一扇门，“鲁珀特盖房子的时候一定采纳了相对成熟的建议。我认为这不可能是他一个人干的。”

“你说得也许对。要是他自己干，就会出现没有门的房间，或者哪儿也不通的楼梯。实际上，要是全都由他一个人设计，这房子我都不敢进门。”

“我们到了，”乔治带着导航员完成着陆一般的骄傲说，“这就是鲍依斯家新居的传奇收藏。只是不知道鲁珀特到底读过多少。”

书房横贯整个二楼，但实际被纵向排列的大书柜划分成六个小屋。如果乔治没记错的话，这里的藏书多达一万五千册，几乎包括各类巫术、精神研究、占卜、心灵感应的所有出版物，以及隶属精神物理学范畴各类难解现象的全部著作。在这个理性的时代，拥有这种嗜好的人绝无仅有，也许这不过是鲁珀特逃避现实的一种特殊方式。

乔治一进屋就闻到了一种味道。很轻微，但又很刺鼻，不太难闻，也不太怪。简也注意到了，皱着眉头辨别着。也许是醋酸，乔治觉得非常接近，但又掺进了其他什么东西……

书房尽头是一个小小的开放空间，里面只能放下一张桌子、两把椅子跟几块靠垫。这大概是鲁珀特读书的地方。这会儿就有个人在那儿读书，光线暗得有些反常。

简倒吸了一口气，一下抓住了乔治的手。这种反应情有可原：电视里看见的跟实际遇到总归不是一回事。乔治很少对什么事情大惊小怪，立刻反应过来。

“希望我没有打搅您，先生，”他礼貌地说，“我们没想到这儿会有人。鲁珀特从未告诉我们……”

超主把书放下，仔细看了看他们，然后继续读了起来。这个举动对于一个能够同时读书、说话，或许还能干其他好几种事情的生物来说并不算失礼。不过，此情此景对人类的旁观者来说不啻是精神分裂。

“我叫拉沙维拉克。”超主和悦地说，“我恐怕不太合群，但鲁珀特的书房是个不容错过的地方。”

简几乎神经质地笑出声来，但还是努力克制住了。她注意到，这位不期而遇、同被邀请的客人每两秒钟就能读完一页。她并不怀疑他每个字都读进去了，就是不知道他能不能两只眼睛分别读不同的页面。然后呢，当然喽，她暗自想，他可以学盲文，然后用自己的手指……想来想去，她只觉得又滑稽又不自在，于是她强忍住想象，加入谈话。毕竟不是每天都有机会跟地球的主人交谈的。

乔治与超主互相介绍自己后，就让她闲谈起来，只希望她别说出什么不得体的话。跟简一样，他从未面对面接触过超主。尽管超主们混迹于社交场合，跟政府官员、科学家以及其他人处理各种事务，但他从没听说有哪一个出席一般的私人聚会。看来一切非同一般，并不仅仅是什么私人聚会。鲁珀特手里的那件属于超主的器材也暗示了这一点，这让乔治脑子里画了个大大的问号：到底发生了什么事？他要是能有机会把鲁珀特堵在墙角，一定要好好问个究竟。

椅子太小，拉沙维拉克就坐在地板上，显然还算舒服，没去碰一米外的那些靠垫。这样坐着时，他的头离地面两米高，给了乔治一个研究地外生物的好机会。可惜，他对地球生物都不怎么了解，也就不能指望学到任何新东西。只有那种特别的、说不上讨厌的酸味算得上新知。不知道人类的气味对超主来说怎么样，希望闻起来不错。

拉沙维拉克一点儿也不像人类。乔治能够理解如果未开化的原始人打老远看他们，惊恐之中的确会把他们当成鸟人，这么一来，也就容易让人联想到惯常的恶魔形象。但是，近距离接触时，有些幻象就消失了。小小的犄角（乔治琢磨，那到底有什么功用呢？）像是按规格造出来的，但身体既不像人，也不像任何地球上的动物。超主来自全然迥异的进化图谱，既不是哺乳动物，不是昆虫，也不是爬行动物，是不是脊椎动物也不得而知——他们坚硬的外壳可能是唯一的支撑骨架。

拉沙维拉克的翅膀收拢着，让乔治无法一看究竟，但他的尾巴像一根裹着盔甲的橡胶管，卷曲地压在身子下面。那著名的“恶魔的尾梢”不太像箭头，更像一个扁平的菱形。现在人们普遍接受的推测是，它使飞行更稳，就像鸟儿尾巴上的羽毛一样。科学家靠这些有限的实证和想象，推断超主来自一个引力低、大气密度高的世界。

鲁珀特的叫喊声突然从一个隐藏的扬声器里传来。

“简！乔治！你们躲到哪个鬼地方去了？快下来，到大伙儿这儿来。我们要开始了。”

“也许我也该走了，”拉沙维拉克说着，把他的书放回书架。他做这件事毫不费力，并没从地上站起来。乔治第一次注意到他的双手各有两个相对的拇指，中间夹着五根指头。乔治想，要是他们用的是十四进位制，做算术还不得把我烦死。

拉沙维拉克站立起身的一幕令人大开眼界，超主弯下身子以免碰到天花板，让人想到即使他们急于同人类打成一片，实际交往中的困难也不容忽视。

半个小时内又来了几拨客人，屋里挤得满满当当。拉沙维拉克的出现让事态更为恶化，因为旁边几间屋子的人也都跑过来看热闹。鲁珀特对这场轰动扬扬自得。简和乔治没那么高兴，因为没人注意到他们，事实上他们站在超主身后，别人几乎看不到。

“到这儿来，拉沙，见见朋友们，”鲁珀特嚷道，“坐沙发上，你就不会碰到天花板了。”

拉沙维拉克的尾巴挂在肩膀上，穿过屋子时，就像一条破冰船艰难地在冰层中破路前行。他在鲁珀特身边一坐下，屋里的空间又立刻显得大了起来，终于让乔治松了口气。

“他站着的时候，我简直要得幽闭恐惧症。我奇怪鲁珀特怎么把他弄来的，看来这聚会还挺有意思。”

“鲁珀特当着众人的面那么跟他说话，他好像也不在意，真是挺奇怪的。”

“我敢说他在意。鲁珀特的麻烦在于他太爱出风头，又不讲策略，就像你提的某些问题一样！”

“哪些问题？”

“比如‘你到这儿多久了？’‘你跟监理人卡列伦关系如何？’‘你喜欢地球吗？’说真的，亲爱的，你怎么能这么跟超主说话！”

“我看不出为什么不能。总该有人开个头吧。”

眼看两人就要争个你死我活，这时肖恩伯格夫妇过来搭话，才把他们岔开。两个女人到一边议论鲍依斯太太去了，男人们朝另一边走去，议论的无外乎也是同一件事，尽管着眼点不同。本尼·肖恩伯格是乔治的老朋友，对此掌握不少内情。

“看在老天的分儿上，别跟任何人讲，”他说，“露丝都不知道，是我把她介绍给鲁珀特的。”

“要我看，鲁珀特根本配不上她。”乔治明显是出于嫉妒，“不过，这也长不了。很快她就会厌倦他的。”这念头让他感到莫大宽慰。

“那你可要失望了！她不但长得漂亮，人也很好。是得有人好好调教调教鲁珀特了，此人非她莫属。”

这会儿，鲁珀特和玛娅两人坐在拉沙维拉克旁边，颇为隆重地接待着各位宾客。鲁珀特的聚会很少有什么焦点，一般来说会分成五六个单独的小圈子，谈论各自感兴趣的话题。这次就大不一样了，大家都被吸引到了同一个兴趣点上。乔治为玛娅感到有些愤愤不平。这本该是她一展风采的日子，却被拉沙维拉克遮去了不少光芒。

“哼，鲁珀特是用什么鬼法子请到超主的？”乔治咬了一口三明治说，“我没听他说过，可你看他那若无其事的样子。他邀请我们的时候提也没提。”

本尼咯咯笑了几声。

“就算他的一个惊喜吧。你最好直接问他。不过，说到底这也不是头一次。卡列伦去过白宫和白金汉宫的宴会，还有……”

“哎，那可不一样！鲁珀特不过是一个普通公民。”

“也许拉沙维拉克恰好也不过是个普通的超主呢。不过你最好问他们自己。”

“我会问的。”乔治说，“等我逮到鲁珀特一个人的时候，我就去问他。”

“那你得等到猴年马月啊？”

本尼说对了，不过聚会正在升温，等一会儿也没关系。拉沙维拉克的出现带来的轻微骚乱已经退去。还是有一些人围着超主，但别处也开始形成一个个小圈子，气氛变得十分自然。那个萨利文又在绘声绘色地讲他最近的海底考察，他周围的一伙人听得津津有味。

“我们还不清楚它们能长到多大。”他说，“离我们基地不远处有个峡谷，里头住着真正的巨无霸。我有一次见过它，它的触须展开足足有三十米，下周我要去找找它。有人喜欢把那种奇特的动物当作宠物来养吗？”

女人堆里有人吓得惊叫起来。

“天啊！想想我都浑身起鸡皮疙瘩！你真是太有胆量了。”

萨利文显得很惊讶。

“这我从没想过，”他说，“当然了，我做了适当的防范措施，但我从未遇到什么真正的危险。那些乌贼知道它们吃不了我，只要我不靠得太近，它们就没事儿。大多数的海洋动物都不会招惹你，除非你妨碍了它们。”

“不过，说真的，”有人问道，“你是不是早晚会遇到一种认为能吃掉你的动物？”

“噢，”萨利文轻快地说，“这种事儿偶尔是会发生的。我尽量不去伤害它们，因为我要跟它们交朋友。如果遇到什么事，我只须把几个喷射器开足马力，一般来说一两分钟我就摆脱了。如果我忙于工作不能停下来，就用几百伏的电流胳肢它们。这招很见效，它们再也不会来骚扰我。”

在鲁珀特的聚会上总能遇到些有趣的人。乔治这样想着，踱步走向另一个圈子。鲁珀特的文学口味或许单调，但他的交友圈却很广。乔治都用不着转身，就能瞧见一个著名的电影出品人、一个没什么名气的诗人、一个数学家、两个演员、一个原子能工程师、一个狩猎监督官、一个新闻周刊编辑、一个世界银行的统计专家、一个小提琴演奏家、一个考古学教授和一个天体物理学家。乔治本人的专业——电视工作室设计——就只有他这么一个代表，这正好，他反正不想谈职业上的事。他喜爱自己的工作：的确，在这个年代，人类历史上头一遭，没人再从事自己不喜欢的工作。不过，乔治更喜欢在下班后将自己的这部分心思也随着工作室的门一道锁上。

乔治终于在厨房逮到了鲁珀特，他正在那儿做饮料实验。看他那两眼迷离的神色，真不忍心把他拽回人世，但如有必要，乔治不会手软。

“往这儿看，鲁珀特，”他开口道，自己往旁边的桌子上一坐，“我看你该给我们大家一个说法。”

“嗯，”鲁珀特琢磨着，舌头在嘴巴里转着圈，“恐怕，杜松子酒放得稍稍有点儿多。”

“别打岔，别装作喝醉了，我知道你清醒得很。你那超主朋友是打哪儿来的？他在这儿干什么？”

“我没告诉过你吗？我以为我给每个人都解释过了。你没在场，对了，你们躲书房里去了。”鲁珀特吃吃一笑，那样子让乔治十分不快，“是书房把拉沙招来的。”

“奇事！”

“怎么？”

乔治停了一下，觉得回答需要策略。鲁珀特非常看重他那些独特的藏品。

“哦，你要是认为超主了解科学的话，就无法想象他们会对诸如精神现象等其他无聊的事情感兴趣了。”

“不管无聊与否，”鲁珀特回答，“他们对人类的心理感兴趣，而我的一些藏书可以教他们不少知识。我搬来这儿之前，有一位不知该叫低超主还是超低主的助理找到我，想借用我最珍贵的大概五十卷藏书。是不列颠博物馆图书馆的管理员给他们推荐的。当然，你可以猜到我是怎么回答的。”

“我想不出来。”

“我很客气地回答说，搜集这些书花费了我二十年时间。我欢迎他们读我的书，但这帮该死的只能在这儿读。所以拉沙就来了，每天读上二十卷。我倒要看看他能读出什么来。”

乔治琢磨着他的话，最后不以为然地耸了耸肩。

“坦白地说，”他说，“我对超主的评价降低了。我认为他们该把时间用在更有用的事情上。”

“你是个不可救药的唯物论者，我没说错吧？简肯定不同意你的看法。就算从你所谓实用的观点看这件事，他们的兴趣也不无意义。要跟某个原始种族打交道，你总得研究一下他们的迷信吧！”

“应该吧，”乔治不置可否地说。桌面感觉很硬，他站了起来。鲁珀特终于调出了让他满意的饮料，连忙赶回客人那儿去。客人也在嚷着要他到场。

“嗨，等等！”乔治拦住他，“趁你消失前我还有个问题。你吓唬我们的那个双向可视配件是从哪儿搞来的？”

“一桩小小的交易。我提出这东西对我这种工作很有用，拉沙把这建议提交给上层了。”

“原谅我太笨，你的新工作是什么？我想，是跟动物有关吧。”

“没错。我是个超级兽医。我管的地盘有一万平方公里的丛林，既然患者不能前来就诊，我就只好去找它们。”

“基本上是个全职工作。”

“是啊，当然不涉及那些小型动物，划不来，只包括狮子、大象、犀牛等等。每天早上我把控制器调到一百米的高度，自己坐在屏幕前巡视整片地区。如果我看见哪只动物有了麻烦，就登上飞行器前去，希望我的临床救助能管点儿用。有时候还要要点小技巧。像狮子这类动物还好说，但要从空中朝犀牛投射麻醉飞镖，那可就惨了！”

“鲁珀特！”隔壁的屋子里有人大声喊着。

“看看你干的好事！你弄得我把客人们都忘了。这儿呢，拿着这个托盘。这些杯子里掺了苦艾酒，我可不想把它们搞混了。”

直到太阳快落山，乔治才找到去屋顶的路。烦心事一件又一件，让他感到有些头疼，只想逃离楼下的喧嚣和混乱。简跳舞跳得远比他好，正陶醉其中不肯离开。这让乔治很恼火，借着酒性引发的那点儿脉脉温情，现在只能空对漫天星斗抒发。

他乘电梯来到楼上，然后爬上空调通风口四周的盘旋楼梯。楼梯直通天花板的出口，上去就是宽阔平坦的屋顶。鲁珀特的飞行器停在一边，中心区域是一个花园，已经略显荒芜，其余的地方就是观察台了，有几把椅子放在那儿。乔治扑通往一把椅子上一坐，用帝王般的目光扫视着四周，一时间有了一种君临天下的感觉。

客观地说，这里的景致的确不错。鲁珀特的房子建在一个大盆地的边沿，坡面往东延伸，五公里外就是大片的湿地和湖泊。西面的地势平坦，丛林几乎贴近了鲁珀特的后门口。至少五十公里外，大山的轮廓线如一道高墙，朝南北两个方向绵延而去，消失在视线以外。白雪散布在峰峦之巅，太阳在收工前的最后几分钟点燃了山顶的片片云朵。望着远处的一座座营垒，乔治立时感到敬畏有加，脑子一下子清醒了。

太阳一落下，一颗颗星星便不顾体面匆忙登场，却全都是他不认识的。他找了一遍南十字星，但也没找到。他对天文知之甚少，只认识几个星座，相熟的老友没有出现，让他感到失落。丛林里飘来的种种噪音简直近在耳畔，令人不安。乔治想，吸足了新鲜空气，在吸血蝙蝠之类可爱的家伙飞过来搭讪之前，赶紧回去吧。

他刚想往回走，就看见另一个客人从天花板出口爬了上来。天色太暗，乔治看不清来人，便喊了一声："嘿，谁啊，是不是也忍受不下去了？"黑暗中那个人笑了起来。

"鲁珀特要放电影了。我以前都看过了。"

"来支烟吧。"乔治说。

"谢谢。"

就着火光——乔治喜欢打火机这种古董——他看清了这个客人的脸。这是一个非常英俊的黑人男子，有人说过他的名字，但乔治立刻就给忘了，其他二十位陌生客人的名字他也没记住。不过，他身上有种东西似曾相识，乔治一下子想起来了。

“我想我们没有真正见过面，”他说，“不过，我猜你是鲁珀特的新内弟，对吧？”

“对。我叫扬·罗德里克斯。人们都说我跟玛娅长得很像。”

乔治不知是否该对扬就结下的这门新亲戚表示同情，想了想，觉得还是让这可怜的家伙自己去发现好了。再说，也许鲁珀特这一次真能安定下来呢。

“我叫乔治·格瑞森。你是头一回参加鲁珀特这种知名聚会吧？”

“是的。你能一下子见到很多新朋友。”

“还不光是人。”乔治补充说，“这是我头一次在聚会上见到一个超主。”

对方迟疑了一下，乔治以为自己触到了一个敏感话题。但听回答才知道不是。

“我以前也从没见过，在电视上看见的不算。”

谈到这儿，两人都没了话题。过了一会儿，乔治才发现扬实际是想单独待着，况且天气变冷了，他便离开了顶棚，回到聚会中去。

丛林这时一片寂静。扬独自倚在弯曲的通风进气墙体上，耳边只能听见这房子用它那机械肺呼吸时发出的轻微噪声。孤独让他感受良多，他就喜欢一个人待着，但又感受到一种巨大的失落感，而这是他完全不想要的。

08

乌托邦不会让所有人一直感到满意。物质条件一得到改善，人的眼界也就提高了，便会对从前做梦都想不到的能力和财富感到不满。就算外部世界已尽其所能满足人类需求，精神的探索和内心的渴求也不会停下脚步。

尽管扬·罗德里克斯很少感激命运的赐予，可要是他早生几年就会更加不满了。一个世纪前，他的肤色很可能是种极大的，甚至让人无法承受的缺陷。今天，肤色说明不了什么。作为一种必然反应，黑人在21世纪初期还会因为社会地位的变化而产生满足感，现在也已经完全不会有了。“黑鬼”这个常见的词不再是文明社会的禁忌，使用起来也不再让人难堪，就跟共和党人、卫理会教徒、保守派或自由派这些标签一样，不带任何感情色彩。

扬的父亲是个讨人喜欢但又胆小无能的苏格兰人，在职业魔术师的行当里混出了不小的名声。他过度消费自己国家最有名的特产，这加快了他的死亡，45岁便英年早逝。虽说扬从来没有见过父亲醉酒，可也说不清何时见他清醒过。

罗德里克斯太太还活得挺结实，在爱丁堡大学教授高等概率。这是21世纪典型的人口极度流动的结果——罗德里克斯夫人皮肤炭黑，生在苏格兰，而她金黄头发的丈夫却移居国外，在海地差不多过了一辈子。玛娅和扬从未有过固定的家，像两只羽毛球一样在父亲家和母亲家间飞来荡去。这种待遇很好玩，但无助于纠正他们遗传自父亲的变化无常的性格。

扬现在27岁，还要再念几年大学才会认真考虑自己的事业。他轻松获得了学士学位，所学的课程提纲要是放在一百年前一定十分奇怪。他主修的是数学和物理，但副科选修了哲学和音乐欣赏。即使以这个时代的高标准看，他也算得上一流的业余钢琴家。

三年中他要拿下工程物理学博士，副科为天文学。这需要付出辛苦的努力，但扬已做好迎接它的充足准备。他的学校开普敦大学地处山脚下，算得上全世界最美丽的高等学府了。

他不用担心物质上的需求，但他仍不满意，也不知如何改变这种状况。玛娅的幸福让情况更加复杂化了——虽说他毫无嫉妒之意，但这件事刚好戳中了他自己问题的要害。

扬还沉溺在浪漫的幻想中，这种幻想充满苦痛，却十分富有诗意：他认为一个人一生只能有一次真爱。虽说年龄已经不小，但他还是头一次为一个女人而神魂颠倒，那女子以美艳的外貌闻名遐迩，性情却十分多变。罗西塔·秦声称自己拥有满人皇族血统。很多人对她俯首称臣，包括开普敦大学科学部的大多数教员。扬被她如花似玉的美貌所俘虏，两个人的恋情持续了一段时间，正因为如此，它的戛然终止更让他伤心欲绝，甚至搞不清问题到底出在什么地方……

自然，他能熬过去。不少男人也经历过类似灾难却挺了过来，并没遭受不可弥补的损失，甚至反而达到了一种境界，敢于断言："我从来就没对这种女人动过真心！"不过，这种超脱对他来说还遥不可及，只等将来再看了，而眼下的扬总觉得日子过得别别扭扭，总有哪里不对劲儿。

他的另一桩心病也不好治，它事关超主对他个人野心造成的冲击。扬的浪漫不仅仅是感情上的，也是思想上的。征服太空成为可能后，扬也像不少年轻人一样，梦想着有一天能够遨游未曾开拓的空间之海。

一个世纪以前，人类的双脚已经踏上通往其他星球的梯子，就在这时（这难道是巧合吗？），通向行星的大门在他们眼前砰的一声关上了。超主基本上从未强令禁止任何形式的人类活动（战争行为恐怕是一个最大的例外），但外太空飞行研究事实上已经终止。超主的科学带来的挑战实在太大，至少在一段时间内，人类丧失了信心，转向其他的活动领域。超主拥有无限高级的推进方式，其工作原理他们从来没有透露过一星半点，在这种时候去研发火箭装置，可以说毫无意义。

几百人曾造访过月球，目的是在那儿建一座月球观测站。他们像乘客一样坐上一艘向超主借来的小飞船，还是用火箭推动的。显然，就算主人把它毫无保留地交到好奇的地球科学家手里，从这种原始的飞行器上也研究不出什么东西来。

人类依旧是自己星球上的囚徒。这星球比一个世纪以前更漂亮，也更小了。超主们废除了战争、饥饿和疾病，同时他们也废除了冒险。

初升的月亮用淡淡的乳白色光芒涂抹着东方的天空。扬知道，超主的主基地就在那高天之上，在冥王星某个陨坑的营垒里。补给船七十年来肯定一直在飞来飞去，只是到了扬这一代人他们才不再隐藏，让人从地球上清晰地看到飞船从那儿启程。借助两百英寸口径的望远镜，可以看清早晨和黄昏时分阳光照着这些大船，在月球平原投下几英里长的阴影。超主的一举一动都会引起人类的强烈兴趣，人们仔细观察飞船的往来活动，超主的行为模式（虽然其原因有待证实）也渐次显露。几个小时前其中一艘船的影子消失了，扬知道，这意味着月球附近有一艘超主的飞船在太空悬停，正在进行某种必要的常规准备，然后踏上遥远的回家之路。

他还未亲眼见过任何一条飞船的启动过程。实际上，如果观测条件允许，大半个地球都能见到这种场面，但扬总是不走运。当然，谁也说不清启动在什么时候发生，超主也从不宣传这类事。扬决定再等上十分钟，然后就回聚会那儿去。

那是什么？哦，不过是一颗划过波江座的流星。扬松了口气，见烟已经熄了，便又点上一支。

这支烟抽到半截，五十万公里之外的飞船就启航了。月华中央，一个小小的火花开始攀向天顶。起初这一切是那么缓慢，几乎无法察觉，但只过了几秒钟就大大加快了，升到高处时也变得更亮，随后就一下消失了。过了一会儿，它再次出现，更快、更亮了。就这样，它在盈亏之间有节奏地交替着，疾速升入天空，在星辰间画出一道摇曳的彩色光带。不管实际距离有多远，光看那速度就已足够惊人，要是知道它已远离月球，再想想那巨大的速度和能量，谁都得头昏眼花，自觉脑力不济了。

扬很清楚，他看到的不过是那种能量的副产品。飞船本身是隐形的，远远处在上升的光线前面。就像高速喷气机留下的尾气一样，超主远遁的大船也留下自己特殊的痕迹。通常人们认为，启动时的骤然加速会让空间扭曲，扬相信自己看到的不过是飞船航路上聚集的遥远星光，它们刚好具备了折射到他的眼睛里的充足条件。这是相对论的可见证据——在巨大的引力场作用下，光发生了弯曲。

现在，巨大的铅笔状光线的末端移动得更慢了，但那不过是观察角度造成的。实际上飞船在继续加速，它一直向外飞往星辰，因而路径看上去似乎短了。一定有不少望远镜正在跟随着它，扬知道，地球上的科学家正尝试揭开飞船驱动之谜，已经发表了几十篇相关论文，超主们一定饶有兴致地一一读过。

那幻影开始变弱，现在成了一条淡淡的、指向船底座的细纹，扬知道那里有超主的老家，不过，那片空间包括了上千颗恒星，到底在哪里谁也说不清楚，也不知离太阳系到底多远。

都结束了。大船不过是刚刚开始它的旅程，人眼就再也看不见什么了。但那段闪耀轨迹的印象还在扬的脑海里燃烧，只要他还拥有雄心和欲望，这道光亮就永远不会暗淡下去。

聚会结束了。所有的客人都升空而去，飞往地球的四面八方。不过，还有一些例外。

其中之一是那个叫诺曼·道兹沃斯的诗人，这家伙醉得不成样子，但还算明智，在大家被迫采取必要武力之前就不省人事了，被人给胡乱扔到草坪上，指望哪只鬣狗的非礼能把他唤醒。这样一来，接下来的什么活动都和他没关系了。

乔治和简留下没走。这完全不是乔治的主意，他本打算立刻回家。他不赞成鲁珀特和简之间的友谊，虽然并非出于通常的那种原因。乔治自认讲求实际，头脑冷静，他觉得简和鲁珀特的共同爱好放在这个讲究科学的年代不仅十分幼稚，而且也很不健康。有人对超自然的事情哪怕只抱有一丝信任态度，都会让他感到不可思议，而这些人中竟然也包括了拉沙维拉克，这让他对超主的信任发生了动摇。

看得出鲁珀特是要制造什么惊喜，或许简在其中也有份儿。乔治怏怏不乐，等着看他们搞出什么名堂来。

“我把各种东西全试过了，后来才选中了这个。”鲁珀特得意地说，“最大的问题在于减少摩擦，这样你才能活动自如。老式的光面桌子和酒杯托盘都不错，可那种东西都用了几百年了。我相信现代科学能做得更好。看，结果来了。把你们的椅子挪近点儿，拉沙，你真的不想参加吗？”

那位超主迟疑了一秒钟。然后，他摇了摇头（乔治想，他们也学会了地球上的习惯吧）。

“不，谢谢你。”他回答说，“我还是看看吧，也许，下回我会参加的。”

“好吧。有的是时间让你改变主意。”

哦，有的是吗？乔治想着，沮丧地看着自己的手表。

鲁珀特让朋友们围在一张不大但十分结实的桌子边，形成一个整齐的圆圈。一块塑料板盖在桌子上面，他揭开塑料板，露出下面紧密排列着的滚珠，亮闪闪连成一片。桌沿略高，以防它们掉到外面。乔治一时想不出这些珠子有什么用处。几百个反射球组成了令人迷幻的图案，让他感到有些头晕目眩。

他们把椅子移向近前，鲁珀特从桌子下面拿出了一个直径大约十厘米的盘子，盖在滚珠上面。

“你们看，”他说，“把手指放在这上面，它就会画圈子，毫无阻力。”

乔治眼睁睁看着这个装置，满心疑惑。他注意桌边上写着字母表，字母隔开一定距离，也没有按原有的顺序，还有从0到9的数字随意穿插其中。有两张写着“是”和“否”的纸片相对放置在桌子的两端。

“我对这种迷魂阵是一窍不通。”他嘀咕道，“奇怪，这年头还有人喜欢这种玩意儿。”他这句温和的抗议是对简，同时也是对鲁珀特说的，说完也就觉得舒服了。鲁珀特对这类现象抱着一种超然的科学研究的态度。他思想开放，但并不轻信。简就不同了，她好像真的相信心灵感应和预见力一类现象的存在，乔治有时挺为她担心的。

那句话刚出口，乔治就意识到自己也在暗中批评拉沙维拉克。他紧张地往四下瞧了瞧，这位超主没有什么反应，当然，这也说明不了任何问题。

现在大家各就各位。按顺时针方向依次是鲁珀特、玛娅、简、扬、乔治、本尼·肖恩伯格。露丝·肖恩伯格坐在圈外，拿着一个记事本。她显然不太愿意参与这种事，这让本尼含沙射影地对恪守《犹太法典》的人评论了一番。不过，露丝倒是愿意为大家做记录。

“现在听好了，”鲁珀特说，“为照顾像乔治这种怀疑论者，我们不妨直来直去。无论有没有超自然的力量，这个盘子动了。我个人认为，这纯属机械学可以解释的现象。我们把手放在盘子上的时候，即使我们尽量避免影响它的运动，但我们的潜意识却在作祟。我分析过很多降神会，得到的答案从来都是一群人中的某一个可能已经知道或猜到了的，虽然有时候他们根本意识不到这一事实。我想在这个非常——哦，特殊的情境下，来做这个实验。”

那“特殊情境”正坐在那儿默默看着，但无疑并非毫无兴趣。乔治很想知道拉沙维拉克如何看待这场古怪的仪式，他的反应是否就像人类学者看待原始宗教仪式一样？整个排场实在稀奇古怪，乔治有生以来头一次觉得自己愚蠢透顶。

如果别人也跟他一样觉得愚蠢可笑，那也是深藏不露，伪装得天衣无缝。只有简脸上红扑扑的，挺兴奋，也许是因为她喝了酒的缘故。

“都准备好了？”鲁珀特问道，“好极了。”他刻意停了一下，然后并不特别对着某个人，大声喊了一句：“那儿有人吗？”

乔治感到手指下面的盘子轻微地颤动着。这不奇怪，大概是圈里六个人按压不均引起的。它绕圈滑出了一个小小的数字“8”，然后回到桌子中心停下。

“那儿有人吗？”鲁珀特又喊了一声，然后，用谈话的语气补充了一句，“平常要十至十五分钟后开始，但有时……”

“嘘！”简小声说。

盘子在动。它开始摇摆着，在写着“是”和“否”的纸片间画出一个大大的弧形。乔治强忍住笑。如果答案是“否”，又能证明什么呢？他想起了那个老笑话——一个偷鸡贼进了鸡窝，主人发觉异样，喊：“那儿有人吗？”偷鸡贼回答：“没有啊，这儿只有我们鸡……”

但答案是“是”。盘子很快转回桌子中央。现在它好像活了一样，等待着下一个问题。乔治不由得专注起来。

“你是谁？”鲁珀特问。

一个个字母被毫不迟疑地拼写出来。盘子像有了知觉一样，在桌面来回穿梭，运动之快，让乔治觉得有时候手指都很难把持住它。他敢发誓他绝没有去促使它移动。他快速扫了一眼桌子周围，在这些朋友们的脸上看不出任何怀疑的神情，他们跟他一样，专心致志地期待着答案。

“我是一切。”盘子拼写完毕，回到了它的静止点。

“我是一切。”鲁珀特重复着，“这是典型的回答。回避问题，但也很有趣。也许指的是这里什么也没有，只有我们结合在一起的头脑。”他停了一会儿，想了想下一个问题，然后再次向空中发问。

“你有什么消息给在座的各位吗？”

“没有。”盘子很快回答。

鲁珀特看了看桌子四周。

“该我们了，有时候它会主动提供信息，不过这次我们要问些明确的问题。谁先开始？”

“明天有雨吗？”乔治打趣地问。

盘子立刻在“是”与“否”之间来回摆动起来。

“这个问题问得无聊。”鲁珀特责备道，“有些地方要下雨，其他的地方就是晴天。不要问那些答案模糊的问题。”

乔治给驳得无话可说，决定让别人提问。

“我最喜欢的颜色是什么？”玛娅问。

“蓝色。”答案即刻送出。

“完全正确。”

“这说明不了什么。这儿至少有三个人知道这个问题的答案。”乔治提醒道。

“露丝最喜欢什么颜色？”本尼问。

“红色。”

“对吗，露丝？”

记录员从记事本上抬起头来。

“对。可本尼知道，他跟你们在一块儿。”

“我不知道。”本尼反驳说。

“你知道得清清楚楚，我告诉你多少次了。”

“潜意识记忆，”鲁珀特嘀咕道，“这种情况经常有。拜托，你们能不能提点儿高智商的问题？我们的开头不错，我可不想就这么结束了。”

真奇怪，乔治开始被这种毫无科学依据的现象吸引了。

他相信根本没有什么超自然的解释，鲁珀特说了，盘子不过是受到他们下意识的肌肉运动的作用。但事实本身令人惊讶，给他留下深刻的印象。他不敢相信盘子的回应如此快速、准确。他尝试是否可以影响它拼出自己的名字，得到的是一个字母“G”，仅此而已，剩下的就是乱七八糟了。看来，一个人绝不可能在圈内其他人不知道其想法的情况下控制盘子。

半个钟头过去了，露丝已经记下了十几条信息，有些还特别长。其中包括偶然出现的拼写错误和让人好奇的表达法，但很少。不管如何解释，乔治现在确信自己没有因为好奇去影响这些结果。有几次拼写时，他预想着下一个字母以及整个词的意思，可每次盘子都走到他意料之外的方向上，拼出的东西完全不同。因为盘子是连续拼写，完成一个词和开始另一个词时并不停顿，有时候要等整个信息全部写完，由露丝念出来才能理解。

这次体验让乔治感到十分离奇，就好像在接触一个意念明确、思想独立的人。谁也没有决定性的证据证明此事的是与非。很多答案价值不高，又很含混，比如，有一条是：

相信人类自然与你同在

有时候它提供的真理更加深奥、更令人费解：

记住人类不孤独人类附近有其他人的国度

每个人都清楚这一事实，但这信息指的是超主吗？

乔治觉得十分困倦，心想早该回家睡觉了。实验挺吸引人，但也没起多大作用，而且东西再好，多了也就不新鲜了。他扫了一眼桌边的几个人，本尼看来跟他的想法一致，玛娅和鲁珀特两个看上去有些呆呆的，简呢，她一直很专注，那神情让乔治很担心：她好像生怕停下来，又不敢再玩下去。

剩下的只有扬。乔治好奇他到底如何看待自己姐夫的乖张之举。这位年轻的工程师一个问题也没问，对任何答案都不表现出惊奇。他似乎一直在研究盘子的运动，把它当成了一种科学现象。

鲁珀特从昏昏欲睡中强打精神。

“我们再问一个问题吧，”他说，“然后我们就结束。你来问怎么样，扬？你还什么都没问呢。”

奇怪，扬毫不含糊，好像早就想好要说什么，一直在等待机会似的。他又瞧了一眼冷漠的大块头拉沙维拉克，然后用清晰、坚定的声音说：“超主的太阳是哪一颗恒星？”

鲁珀特惊讶地吹了一声口哨。玛娅和本尼毫无反应。简闭着眼睛好像睡着了。拉沙维拉克朝前俯下身子，越过鲁珀特的肩膀看着这圈人。

盘子动了起来。

它再次静止下来后，大家停顿了片刻，然后露丝迷惑地问道："NGS 549672是什么意思？"

她刚说完，就听见乔治急急地叫道："快过来帮我一把，简晕倒了。"

09

“至于这个鲍依斯，”卡列伦说，“有关他的一切都告诉我。”

当然，监理人实际上说的不是这些词句，表达的内容也更为微妙。人类可能听到简短而急促变换的音调，就像莫尔斯电码发报机那种连续、快速的声音。虽然人们记录下不少超主的语言样本，但它实在太过复杂，无法分析。即使有哪位翻译掌握了语言基础，也会因为语速太快，无法跟上超主的谈话。

地球监理人背对拉沙维拉克站着，眺望大峡谷那五彩缤纷的沟壑。十公里外，沟壑的侧壁攫住了阳光的所有能量，丝毫不受距离的阻碍。卡列伦站在高坡的边沿，几百米下的阴影中，一列骡车队蜿蜒而行，缓慢朝深谷挺进。卡列伦觉得奇怪，竟然有这么多人执着于这种原始的方式，他们本可以舒舒服服地在转眼之间抵达谷底，却宁愿沿着那些危险的车辙上下颠簸。

卡列伦做了一个不易察觉的手势。巨大的全景画淡出视线，只留下一片幽暗的虚空。办公室里的一切，以及监理人职位的繁杂公务又回到了他身边。

“鲁珀特·鲍依斯个性有些古怪，”拉沙维拉克回答，“职业上，他负责动物福利，管理非洲主要保护区一个重点地段，他很有效率，也喜欢自己的工作。因为他要照看几千平方公里，我便从我们批准出借的十五个全景观察仪里拿了一个给他，当然带了安全防护。捎带一句，他拿的那台是唯一带有全尺寸投影功能的。他陈述的理由很充足，我们就给他了。”

“他的理由是什么？”

“他想在各种野生动物面前展示自己，让它们习惯他，等他真的出现时就不会攻击他了。这种假设用在凭眼睛看而不是闻气味的动物上很管用，尽管他最终还是会给咬死。当然，我们还有别的理由。”

“让他更加合作？”

“正是。我原来接触他是因为他拥有地球上最好的超心理学图书馆。他礼貌而坚决地回绝了我的借书请求，所以我不得不造访他。我现在读完了他的一半藏书，这实在是一种煎熬。”

“这我相信，”卡列伦冷淡地说，“你从那堆垃圾里发现了什么？”

“有发现。有十一个局部突破，还有二十七个有望突破。那些材料经过了精挑细选，不过，不能用于取样目的。证据混入了神秘主义的空想，那或许是人类头脑产生的最异常的东西。”

“鲍依斯对待这些事的态度呢？”

“他看上去思想开放，抱怀疑态度，但很显然，若不是他潜意识里相信这一套，他不会在这上面花费这么多时间和精力。我对此提出质疑，他承认也许我说得对。他希望找到一些有说服力的证据，因此一直在做那些实验，尽管他假装是在做游戏。”

“你能肯定他没有怀疑你的兴趣不仅仅是学术性的？”

“相当肯定。这个鲍依斯在很多方面都很愚钝，头脑很简单。他专门找上这个领域来研究，实在可悲。对他用不着采取什么特殊措施。”

“知道了。那个昏倒的女孩是怎么回事？”

“这算是整个事情最有趣的地方。很显然，简·莫瑞尔是传递信息的通道，但她26岁，就我们以前的经验而论，她作为最佳联系人来说年龄太大了，联系人应该是离她很近的人。结论很明显。我们不能再等太久了。我们该把她移到紫色那一类。她可以成为活着的地球人中最重要的人物。”

“我会做这件事的。那个问问题的年轻人呢？是出于好奇随意问的，还是另有动机？”

“他是偶然到那儿的。他的姐姐刚嫁给了鲁珀特·鲍依斯。他以前从未见过那些客人。我认为他的问题不是有所预谋的，可能是因为当时的情形很特殊，也许是因为我在场。考虑到这些因素，他提这个问题就没什么可奇怪的了。他最大的兴趣是航天学，又是开普敦大学太空旅行小组的秘书，显然要把这个领域当成终身事业。”

“他的事业会很有趣的。话说回来，你认为他会采取什么行动？我们该如何应对？”

“他无疑会尽快去核实，但他没办法证实那些信息是否准确，而且因为消息的来源很特殊，他也不可能拿去发表。就算他这么做了，会有任何影响吗？”

“我要权衡一下两方面的情况，”卡列伦回答，“我们所受的指令要求不能暴露我们的星球，但他就算知道了也没法用来做什么不利于我们的事。”

“我同意。罗德里克斯会掌握些半真半假的消息，没有什么实际价值。”

“看来是这样，”卡列伦说，“不过我们还是不要这么肯定。人类非常聪明，常常还很执着。低估他们就会有危险，况且，监视罗德里克斯先生的研究事业也会很有意思。我要再考虑考虑。”

鲁珀特·鲍依斯并没有真正彻底地弄明白是怎么回事。客人走后，他变得比平常沉静了许多，规规矩矩地将桌子挪回墙角。脑子里的酒精像一层薄雾，让他无法对发生的一切做任何细致的分析，就连实际发生的情况也变得有点儿模糊了。他迷迷糊糊地觉得发生了一件难以捉摸的重要事件，不知该不该跟拉沙维拉克讨论一下。再一想，他觉得那样做不太老练。总归是他的小舅子惹出的麻烦，他对扬感到有些恼火。可这是扬的错吗？是哪一个人的错吗？一想到那终究是他的实验，鲁珀特不免有些自责。他决定忘掉整件事，好在他说忘也就忘了。

要是能找到露丝记事本的最后那一页，他或许能够做点儿什么，可那页纸却在混乱之中消失了。扬总是一脸无辜的样子，而且，也无法指控拉沙维拉克拿走了它。任何人都记不得具体拼出了什么，只记得它看上去毫无意义。

最直接受到影响的人是乔治·格瑞森。他永远忘不了简跌入他怀里时感受到的那份惊恐。她突然如此无助，从一个有趣的伙伴变成了一个柔弱、让人怜爱的对象。女人自古以来总是爱昏倒，有时候并非毫无预谋，而男人们就该挺身而出，做他该做的事。但简的晕厥完全不是假装的，不过，就算是刻意计划也不会有这么好的效果。乔治后来发现，就是在那一刻，他做出了人生一个最重要的决定。简无疑是至关重要的女孩，尽管她想法怪异，交友也怪异。他也不打算完全放弃奈奥米、乔伊或者埃尔萨以及——叫什么名字来着？丹尼丝。但对他来说，已经到了维持一种持久关系的时候。他毫不怀疑简会答应他，她的感情从一开始就显露无遗。

他的决定还受到了另一种因素的影响，他对此尚无察觉。今晚的经历削弱了他对简那特殊兴趣所持有的轻视和怀疑态度。他永远也不会知道简昏倒的真正原因，但事实的确如此：这件事消除了两人之间的最后一道障碍。

他看着躺在飞行器躺椅上的简，她很苍白，但还算镇静。下面一片漆黑，上面满天星斗。乔治不知道一千公里的航程已经飞到了什么地方，也不用操心这个，这是自动导航机器人的事，它引导他们飞回家，把他们安全送回地面。控制板显示还要飞行五十七分钟。

简回视着他，笑了笑，轻轻从他的手中抽出自己的手来。

“让我活动活动吧，”她恳求道，揉着手指，“别担心我，我真的没事，现在完全好了。”

“你知道发生什么事了吗？你一定还记得什么吧？”

“不记得。完全是一片空白。我听见扬提问，后来你们就全都来围着我忙活了。我觉得只是有点恍惚。说到底……”

她停住了，决定不告诉乔治以前也发生过这种事。她知道他对这类事情的态度，不想让他扫兴——他要是听了或许真得给吓跑了呢。

“说到底什么？”乔治问。

“哦，没什么。我在想那个超主到底怎么看待这件事。我们大概给他太多材料了，他都没指望能讨到这么多。”

简打了一个哆嗦，眼睛有些迷蒙。

“我害怕那些超主，乔治。啊，我不是说他们邪恶，或者什么类似的愚蠢的形容词。我相信他们心怀好意，做的事情都是为我们好，只是不知道他们的计划到底是什么。”

乔治不自在地动了动身子。

“人类自打他们来地球的那天就在想这个问题，”他说，“等我们准备好了，他们就会告诉我们。说实话，我没这么好奇。再说，我还有不少重要的事情要做。”他转过来对着简，握住她的双手，“我们明天去档案处，签一份五年期的协议，好吗？”

简目不转睛地看着他，眼前这一切让她满心欢喜。

“签十年的吧。”她说。

扬在等待时机。不能操之过急，他该好好想一想。简直就像他害怕去做任何验证，以免他脑袋里稀奇古怪的期望这么快就破灭似的。在没有弄清真相之前，至少他还可以梦想一番。

还有，在采取进一步行动前，他应该去见一下观测站的图书管理员。她认识扬，很了解他的兴趣爱好，他肯定能说动她。也许这也于事无补，但扬决定做到万无一失。一周以后可能有个更好的机会。他已经很小心谨慎了，但仍被它逗引得像个小学生一样跃跃欲试。扬也害怕被愚弄，或是遇上其他别的什么超主完全有可能会做的事，最终被阻挠了行动，他正在进行的计划或许很荒诞，但至少没有别人知道。

他去伦敦的理由很充分。几周前就都已经安排妥当。虽说他还年轻，没有资格成为正式代表，但他们三个学生还是想办法加入了官方随员团队，去参加国际天文联盟会议。这样的机会实在浪费不得，再说他从童年时代起就再没去过伦敦了。他对国际天文联盟会议上的几十份论文没什么兴趣，甚至根本就看不懂，所以像任何参加科学会议的代表一样，只出席被人看好的讲座，其他时间就跟同行聊聊天，或者干脆外出观光。

伦敦在近五十年里变化很大。现在它的人口不到两百万，是汽车数量的一百倍。伦敦不再是个大港，几乎每个国家都是自己生产生活必需品，世界贸易的整体模式已经改变。某些国家仍出产名特产品，但这些产品直接被空运到目的地，贸易通道从大港口转换到了大机场，最后被拆分成为遍布世界的复杂网络，不再有那些大型的运输枢纽了。

有些东西却还是老样子。伦敦依然是行政、艺术、学术中心，在这些方面，没有任何一座欧陆首府，哪怕一再声称自己才有资格的巴黎，可以与之匹敌。一百年前的伦敦人若重返城市，还是可以轻易找到周围熟悉的条条道路，至少在市中心如此。泰晤士河上架起了几座新桥，但都只是原址重建。那些污秽不堪的老火车站已不见踪影，被移到了郊区。国会大厦毫无变化，纳尔逊那双孤独的眼睛仍在向下凝视着白厅，圣保罗大教堂的圆屋顶依然高踞路德门山，只是有不少新起的高楼大厦来挑战它的卓然风采。

警卫齐步前行，依然值守在白金汉宫门前。

所有这些都得等一等再看了。扬这样想着。这是学校假期，他同另外两位同学一道，住进了一所大学旅店。布卢姆茨伯里百年来本色未改，仍是旅店和寄宿公寓聚集地，倒不像原来那样拥挤，不再是一排又一排毫无差别、灰头土脸的砖房了。

会议的第二天，扬才找到机会。科学中心的大会议厅里正在宣读重点论文，这里离音乐厅不远，那地方为伦敦成为国际音乐之都贡献良多。扬想听一听这天的第一篇演讲，据说它将彻底推翻现有的行星生成理论。

也许它能推翻什么，可直到中场结束离开时，扬也没有听出个大概。他匆忙跑到楼下地址栏前，寻找他想去的房间。

安排楼层的人很有些幽默感，皇家天文学会被放在了大楼的顶层，这让理事会成员大为欣赏，因为顶层可以一览泰晤士河和整个城市北部的壮观景色。环顾左右没见什么人，不过扬还是紧紧攥着自己的会员证以备有人查验，就像那是他的护照一样。他很快找到了图书馆的位置。

他花了差不多一个小时，终于找到他想要的东西，也学会了怎么使用那本有几百万个条目的恒星大目录。接近探寻的终点，他紧张得都有些发抖，好在周围没人看到。

他把目录放回它的同类那里，静静坐下，空空凝视着面前的书墙，过了好一会儿才起身缓步走出门去，穿过一条条寂静的走廊和秘书办公室（有人在里面忙着给书拆包），下了楼。

他没乘电梯，因为他想放松一下，不受任何约束。他原想听听另一个讲座，但现在已经不重要了。

走上防护堤，两眼望着泰晤士河缓缓流入海洋，他的思绪依然动荡不宁。任何一个像他这样有正规科学素养的人都难以接受现在他拿到手里的证据。他无法确定它的真实性，虽然极有可能是真的。他在河堤上慢慢踱着，一个个罗列着基本事实。

事实一：在鲁珀特的聚会上，没有任何人知道他要问什么问题，连他自己也不知道。这问题是随着当时的情境自己冒出来的。因此，谁也不会准备什么答案，他们的脑子里，也不可能有这个答案。

事实二：NGS 549672对一般人来说毫无意义，除非这人是个天文学家。尽管国家地理调查早在半个世纪前已经完成，但它的存在仅为几千个专家所知晓。若是随便拿出一个号码来，谁也说不清它代表的特定恒星在天上的具体位置。

但——这也就是事实三了，是他刚刚发现的——很小、很不起眼的星球NGS 549672的位置恰恰跟事实相符。那是在船底座的正中央，几天前扬看见的那道亮闪闪的轨迹从太阳系射入太空深处，它的末端就在那里。

这简直是一个不可能的巧合。NGS 549672就是超主的家。不过，接受这一事实却违背了扬所珍视的科学方法观。好吧，违背就违背吧。他必须接受一个事实，即：鲁珀特的荒谬实验以某种方式开启了一个迄今尚未为人了解的认知之源。

拉沙维拉克？这很可能就是问题的答案。这个超主当时没在圈子里，但这一点无关紧要。不过，扬对精神物理学的运作机制并不感兴趣，他只关心怎么使用这些结果。

人类对NGS 549672所知甚少，无法将它同其他上百万颗恒星区别开来。但那本目录提供了它的大小、坐标和光谱型。扬用不着做太多研究，几个简单的计算就能知道，或者大概知道超主的世界离地球多远。

离开泰晤士河，朝科学中心那幢耀眼的白色建筑走去，此时扬的脸上露出了笑容。知识就是力量——他是唯一一个知道超主来自何方的地球人。他还无法说清自己该如何利用这个信息，但它将安全地储存在他的大脑里，等待命运的时刻。

10

人类继续过着平静而幸福的日子，在漫长无云的夏日午后享受阳光。冬天还会到来吗？真是不可思议，法国革命领袖在两个半世纪前呼唤的理性时代现在真正到来了。这一次不会出错。

当然，也有一些缺憾，但这些缺憾也被普罗大众心甘情愿地接受下来。人只有到了很老的时候才会发现，家家户户的可视传真机打印出来的报纸实在是索然无味。原来的那种以大幅标题渲染的危机没有了，让警察难堪、让百万公众的胸膛升起道德愤慨（往往是被压抑的嫉妒）的神秘谋杀案也没有了。这类谋杀就算有，也毫无神秘可言：只要拨弄旋钮，犯罪场面就会重演一遍。这种有特殊技能的仪器最初在守法的民众中造成了巨大的恐慌，这是超主所没有料到的。他们掌握人类绝大部分心理状态，但对乖张反常心理缺乏认知。超主因而明确宣布这种仪器不能用作偷窥和监控他人，人类手中很少的几台必须在严格的控制下使用。比如，鲁珀特·鲍依斯的投影仪就只能在保护区内使用，那里只有他跟玛娅两个人。

发生过的几起严重犯罪也没有引起新闻媒体的关注。总体说来，有良好教养的人不会特意去关注别人的罪愆过失。人们平均每周工作二十小时左右，但这二十个小时绝不轻松。日常程序安排之外的工作很少，一切都是机械化完成。人类的思想十分珍贵，不能浪费在几千个晶体管、一堆光电单元和一立方米印刷线路板所能完成的任务上。有些工厂一连几周自动运转，用不着任何人前去照应。人类只需要排除故障、做出决定、计划设立新企业，剩下的事情由机器人完成。

若在一个世纪前，这种过多休闲的生活可能会造成很大麻烦。现在，教育克服了大部分问题，因为一个头脑丰富的人不会闲得发慌。人类的总体文化水平提高到以往难以置信的程度。没有证据证明人类增进了智力，只是他们第一次有了充分的机会去利用他们的大脑。

大部分人拥有两个家，处在相隔遥远的两地。现在，极地区域已经被开发，不少人每隔六个月在北极和南极之间往返一次，就为了追随那漫长无夜的极地之夏。有些人进驻沙漠、登上高山或潜入海底。整个星球上无论什么地方，只要有人非常想去，科学和技术就能为他提供一个舒适的家。

有些更奇特的居住地为新闻提供了兴奋点。在一个最完美的秩序化社会里，总会有意外发生。或许这是个好迹象，人们觉得为了珠穆朗玛峰下的温馨别墅，或者为了从维多利亚瀑布向外看飞流，哪怕意外折断脖子也值得。结果是，不断发生某人困在某地需要前往解救的事件。冒险成了一种游戏，一种全球性的体育运动。

人类纵情于这些奇怪的举动，因为他们既有时间又有金钱。军队的废除让整个世界有效资产立刻翻了一番，生产的增长也起到了推波助澜的作用。由此一来，21世纪个人的生活水准是以往任何前辈都难以企及的。所有东西都很廉价，因而生活必需品是免费的，就像原来社区公共服务、道路、街道照明和排水是免费的一样。一个人可以旅行去任何想去的地方，吃他能想到的任何食物，不用付出一分一毫。他是社会中的生产成员，因此他有这种权利。

当然，也有一些好吃懒做的人。但真正心智健全却偏好完全闲散生活的人远比通常估计的要少。养活这些寄生者比养活一帮检票员、店员、银行职员、股票经纪人等等负担轻多了，后面这些人的主要功能，从全球经济的观点看，不过是把一个账本的款项转到另一个账本而已。

据统计，现今人类的全部活动有接近四分之一消耗在各项运动中，从较为静态的棋类运动到滑雪穿越山谷这类致命性的追逐。这就导致了一个出乎意料的结果，即职业运动员渐趋绝迹，出现了大批天才的业余玩家。经济条件的改善废除了旧的体制。

与体育相仿，娱乐业及其各个分支成了最大的单一产业。一百多年以来，一直有人认为好莱坞是世界的中心，现在他们比任何时候更有理由确信这一点了。但保险一点说，2050年生产的大部分电影若放在1950年，一定显得艰深晦涩，故弄玄虚。此外也有一些进步：票房不再是决定一切的主人。

这个星球已经变得越来越像一个大运动场，在各种娱乐和消遣中，依然有人不时重复着古人那从未得到答案的问题：

“我们将何去何从？”

11

扬斜倚在大象身上，两只手摸着象皮，它粗糙得像树皮一样。他看着那对长长的象牙和弯曲的象鼻，标本剥制师巧妙地让它固定在一种进攻或是敬礼的姿势里。扬寻思，在那个未知的世界，会来看这个地球放逐者的，又是怎样的怪物呢？

“你给超主运去过多少动物？”他问鲁珀特。

“至少五十只，当然，这只是最大的。它挺漂亮，对吧？其他都是些小的，蝴蝶啊，蛇啦，还有猴子什么的。去年运过一只河马。”

扬苦笑了一下。

“有个想法很荒唐，但我觉得，他们现在已经搜集了一堆填塞好的人类标本，真想知道谁有这种殊荣。”

“也许吧，”鲁珀特说，显得有些冷淡，“这事儿通过医院很好办。”

“要是有谁自愿要当活标本呢？”扬沉思着说，“当然，得保证最后能回来。”

鲁珀特不无同情地笑了起来。

“你想自荐吗？要不要我转告拉沙维拉克？”

扬很有些严肃地考虑了一会儿，然后摇了摇头。

“不。我只是想到哪儿就随口而出。他们肯定会回绝我的。对了，你这几天见过拉沙维拉克吗？”

“他六个星期前叫我过去，说是找到了一本我一直在寻找的书。他真的挺不错的。”

扬绕着填充巨兽慢慢踱步，赞赏着将充满活力的一刻凝固起来的高超技巧。

“你还没有发现他到底要找什么？”他问，“我的意思是，超主的科学那么发达，而他却对那些超自然现象感兴趣，有点儿不协调。”

鲁珀特有些怀疑地看了看扬，不知小舅子是否在取笑自己的嗜好。

“他的解释说得通。作为一个人类学家，他对我们文化的任何方面都有兴趣。不要忘了，他们有的是时间。他们能比任何人类工作者研究得更细。通读我的全部藏书恐怕只花费了拉沙的一点点精力。”

或许答案就是这样，但扬不能信服。有时他想把自己发现的秘密告诉鲁珀特，但天生的审慎性格让他没有这样做。要是告诉了鲁珀特，下次再见到超主朋友，估计他就得说出去，对他这样爱出风头的人来说，这诱惑太大了。

“顺便说一句，”鲁珀特突然改变了话题，“如果你认为这一件好得不得了，那真该看看萨利文得到的委托，他答应送上两个最大的动物，一头抹香鲸，一只巨型乌贼，两个家伙要固定成一种殊死搏斗的姿势，那场面实在是太有戏剧性了！”

扬一时间没有答话。他脑子里爆出了一个乖张荒谬的念头，它太过想入非非，经不起仔细琢磨。可是，就因为这念头太大胆，它才有可能成功。

“怎么回事？”鲁珀特不安地问，“是不是觉得太热，不舒服？”

扬一惊，立刻回到了现实中。

“没事，”他说，“我只是在想，超主该怎么取走这种小包裹。”

“呃，”鲁珀特说，“他们会派一条运输船下来，打开舱门，把它们吊进去。”

“是啊，”扬说，“我就是这么想的。”

它原来肯定是太空船的船舱，现在被挪作他用了。墙壁上满是仪表和器械，没有窗子，只有一个大显示屏挂在驾驶员面前。这里可以容纳六名乘客，现在只有扬一个人。

他专注地看着屏幕，当这个陌生的未知区域在眼前闪过时，留意记下每个细节。未知，的确，如果他那疯狂的计划获得成功，他在恒星之外可能遇到的一切都属于未知。他正在进入噩梦生灵的领地，它们在创世以来从未受到惊扰的黑暗中互相追杀、猎食。人类在这片领地之上航行了几千年，现在，它就在他们船底一千米下的深处，一百年以前人们对它还不如对月球表面了解得更多。

驾驶员沿着海底高山向下沉降，朝着从未被勘察过的广袤的南太平洋海盆进发。扬知道，潜艇正跟随着一个无形的声波网前行，声波由海底铺设的一个个信号器发出。他们还离海床很远，就像云朵飘浮在大地之上……

这里没什么可看的，潜水扫描仪在水中什么也没有发现。他们的潜艇喷射的水流吓跑了小型鱼类，要说有什么生物前来一探究竟，也只能是那种不懂得害怕的大家伙。

小座舱被自身的能量撼动着，这种能量足以抵抗头顶上重重的水压，创造出这个有光、有空气、能让人在其中生活的小气泡。如果这种能量断绝，扬想，他们就会成为这座金属坟墓的囚徒，被深深埋葬在海床的淤泥中。

“现在应该定一下位，”驾驶员说。他按下了几个开关，引擎停止助推，潜艇随之在和缓的减速波流中停了下来。船静止不动，平衡漂浮着，就像一只飘在空中的气球。

一会儿的工夫就确定了他们在声呐网上的位置。驾驶员检查了仪表上的读数，然后说：“在重启马达之前，我们先看看能不能听到什么。”

扩音器发出一种低沉、连续的嗡嗡声，充溢在狭小的空间。扬无法分辨出里头任何特殊的噪音，所有单独的声音一同混杂在一种稳定的背景音中。扬觉得自己在聆听无数海洋生物的齐声交谈，就好像他站在一片生机盎然的森林中，不同的是，在森林里他至少还听得出个别动物的声音。在这儿，所有的声音都纠结在一起，拆不散，分不清。这与他了解的一切太遥远，太陌生，让他感到头皮发麻。可是，这毕竟是他自己世界的一部分啊……

一声尖叫突然打破背景音，恰似一道雷电在乌云间划过，但它很快就遁入一种类似女妖的哀号声中，慢慢减弱、消失，但过了片刻它重又出现，来自更远的地方。接着，各种不同的尖叫齐声爆发，巨大的嘈杂声让驾驶员急忙调低了音量。

“天哪，这到底是什么声音？”扬倒抽了一口凉气。

“很奇怪吧？这是鲸群，大概在十公里以外。我知道它们就在附近，以为你想听听它们的声音。”

扬哆嗦了一下。

“我一直以为海洋是无声的！它们为什么要这样大叫大嚷呢？”

“它们互相在说话吧，我想。萨利文会给你解释的。有人说他能分辨出个别鲸的声音，不过我不大相信。嗨！我们有搭伴的了！”

一条鱼出现在观察屏幕上，一张大嘴十分夸张。鱼看起来很大，但扬不知道屏幕图像的比例，无法断定它的真正大小。它的腮下有一根长长的卷须，卷须的尽头长着一个铃铛一样的器官，不知那到底是什么。

“我们刚才看到的是它的红外图像，”驾驶员说，“现在来看看正常的图像。”

那鱼完全消失了。只有那件垂饰还在那儿，散发着阵阵磷光。紧接着，一道光线闪过它的全身，显现出大鱼的轮廓。

“这是琵琶鱼，那东西是它捕获其他鱼的诱饵。有趣吧？有一点我不明白，为什么它的诱饵不会吸引来能吃掉它自己的大鱼呢？只是我们没法在这儿待一整天观察它。我发动引擎，你来看看它是怎么逃的。”

船向前移动，船舱再次震颤了起来。那条发光的大鱼一惊，全身一下子亮了起来，像颗流星一样倏地消失在黑暗的深渊中。

又慢慢下潜二十分钟后，扫描仪电波无形的手指才第一次触到海底。潜艇驶过下方的低矮山脉，它们轮廓柔和、圆钝，令人好奇，即使它们曾一度棱角分明，无休无止压下来的海水也会把它们打磨平滑。即使在这太平洋的中心，远离那些将大陆冲入海洋的大河入海口，海雨也从未停歇过。它来自被风暴蹂躏的安第斯山侧翼，来自亿万个生物的尸骸，来自在太空游荡多年，最后在地球找到归宿的流星之尘。在这永恒的黑夜中，它们积淀成一块新陆地的地基。

山脉向后漂去。扬从图表上看到，这里是一块大平原的边沿。平原延伸到极远处，扫描仪根本无法测到。

潜水艇继续轻轻向下滑行。屏幕上开始形成另一个画面，但由于视角的关系，扬过了一会儿才弄清自己看到的是什么——他们正在接近一座大山，它高高耸立在隐匿起来的平原之上。

现在看清楚了——由于距离较近，扫描仪的分辨率提高了，成像就如同在充足光线下拍摄的一样清晰。扬能看到很多细节，观察到没见过的鱼在岩石间追逐。瞬间，一只长相凶狠、嘴巴像个大洞的怪物游过一个若隐若现的裂缝，说时迟那时快，长长的触须一闪而出，将挣扎的鱼儿拖入万劫不复之地。

“就快到了，”驾驶员说，“过一分钟你就能看到实验室了。”

他们缓慢驶过山基上凸起的山嘴。现在可以看清下面的平原了，扬猜测它高出海床不过几百米。然后他看到，大概前面一公里左右，一簇球状物在三角支架上竖立着，几根管子将球体相互连接，看起来很像化工厂的储藏罐，实际上它就是按相同的原理设计出来的，唯一差别就是这里的压力来自外部，而不是内部。

“那是什么？”扬突然紧张地问，指着最近的一个球体，手指都有些发抖。表面那些奇特的纹状图案变成了一根根大触须结成的网。潜艇靠近时，他看见它们的末端伸向一个大大的柔软的袋子，里面有两只大眼睛向外窥探。

“那大概是露西弗，”驾驶员轻描淡写地说，“又有人喂它了。”他按了一下开关，向操控台俯下身子。

“S2呼叫实验室。我正在连接，能把你的宠物轰走吗？”

立刻有了答复。

“实验室回复S2。好的。继续往前进行连接。露西弗会让开路的。”

弯曲的金属墙占据了整个屏幕。扬瞥见那个长满巨大吸盘的手臂在他们接近时甩到了一边。咣当一声闷响，接着是一连串的叮叮当当声，锁夹在潜艇光滑、椭圆形的船体上寻找锁扣。几分钟的工夫，船已经被紧压在基座的墙体上，两个舱门端口在一起锁定，然后沿着潜艇外壳向前移动到一个巨大的空心螺栓末端。接着传来“压力均衡”的信号，舱门打开，前往“深海实验室一号”的通道开启了。

扬在一个杂乱无章的小房间里见到了萨利文教授。这间屋子既是办公室，又是车间和实验室。他正用显微镜朝一个小炸弹似的物件内部窥视。那大概是压力舱，用来存放某种深海动物标本，它还在里面来回游动，优哉游哉，在每平方厘米承受几吨压力的条件下显得十分正常。

“那个鲁珀特怎么样？”萨利文说，从目镜上抬起头来，“我能为你做些什么呢？”

“鲁珀特很好，”扬回答说，“他向你表示衷心的问候，他说，要不是他害了幽闭恐惧症，会很愿意来拜访你。”

“他要是来这儿的确好受不了，五公里深的水在头顶上压着呢。对了，你没事吧？”

扬耸了耸肩膀。

“跟坐高空客机没什么区别。如果哪儿出了问题，两者的后果都一样。”

“这种态度很明智，奇怪的是很少有人这么看。”萨利文摆弄着显微镜控制旋钮，探询般地瞥了扬一眼。

“我很高兴带你到处看看，不过说实话，鲁珀特把你的请求转给我，让我有些吃惊。我不理解像你这种太空迷怎么会对我们的工作感兴趣。你这不是走错了方向吗？”他笑了起来，觉得很有意思，“就个人而言，我一直弄不明白你们为什么急着去太空。我们能把这海洋里的一切弄清楚，制表分类，就得花好几百年。”

扬深吸了一口气。他很高兴萨利文自己打开这个话题，这让他的事情好办多了。尽管被这个鱼类专家取笑了几句，但他们还是有很多相同之处，沟通或许不会太难，他也会赢得萨利文的同情和帮助。这个人想象力丰富，否则也就不会进驻这个水下世界了。但扬应该小心谨慎才行，因为他要提出的请求无论怎么看都太特殊了。

有一件事给了他信心。即使萨利文拒绝合作，他也肯定会为扬保守秘密。在太平洋海床上的这间狭小、安静的办公室里，不管超主拥有多么奇特的力量，似乎也无法听到他们的谈话。

“萨利文教授，”他开口道，“假如你对海洋深感兴趣，但超主拒绝让你靠近它，那你该是什么感觉？”

“极端恼火，这是肯定的。”

“我想你会的。但假如有一天你有机会达到目标，可以不让他们知道，你该怎么做？你会利用这个机会吗？”

萨利文毫不迟疑地回答：“当然。可以先斩后奏。”

我正等着这个呢！扬想。他现在不能退却——除非他害怕那些超主。我不知道萨利文还会有什么害怕的东西。他俯身朝向乱糟糟的桌子对面，准备和盘托出他的计划。

萨利文教授不是傻瓜。不等扬开口，他的嘴角已经挂上了讥讽的笑容。

“你想玩个游戏，对吧？”他慢条斯理地说，“非常、非常有趣！你现在就说吧，告诉我为什么我该帮你……”

12

若是在上一个时代，萨利文教授会被看成挥金如土、奢侈无度的人。他在各种研究运作上花掉的钱足以打一场小型战争：事实上，他就像一位将军，指挥着一场与永不懈怠之敌进行的持久战。萨利文教授的敌人是大海，大海有寒冷和黑暗做武器，尤其是它还有水压，这武器比什么都厉害。而他这边呢，他利用智慧和工程技能迎击敌人。他赢得了不少次胜利，但是大海很有耐心，它可以等待。萨利文知道迟早有一天他会犯错误。好在他还可以自我安慰，自己一定不会被淹死。死亡应该转瞬即至，不会来得那么慢。

他拒绝对扬提出的请求表态，没说行也没说不行，但他知道自己该作何回答。他可以利用这个机会做一个最有趣的实验，可惜他永远不会知道结果。不过，在科学研究中这种情况也很常见，他曾发起的计划中有些就需要几十年时间才能完成。

萨利文教授属于那种有勇有谋的人，不过，回首过去，他清楚地意识到自己的事业并未带给他流传百世的声名，现在机会突然降临，十分诱人，足以让他名垂青史。这种野心他是不会对任何人坦承的——不过，也该为他说句公道话。即使这件事他只是秘密参与，无法为世人所知，他也是会帮助扬的。

至于扬，他现在把整个事情重新思考了一遍。他的发现将他一路带到这里，并没花多大力气。他做过不少调查，但尚未采取任何积极的步骤来实现他的梦想。不过，这几天他就得做决定。如果萨利文教授同意合作，他也就无路可退了。他应该面对自己选择的未来，不管未来预示着什么。

如果错过这个天赐良机，他将永远不会原谅自己。他会带着徒然的懊悔度过余生，没有比这更糟的了。这个念头让他最终下定决心。

几小时后，萨利文的答复来了，他知道骰子已经投出去了。他不着急，还有不少时间，要把事情一项一项理理清楚。

亲爱的玛娅（他这样写道）。我要告诉你一件事，大概会让你觉得吃惊的。你收到这封信的时候，我已经不在地球上了。但我不是像那些人一样去登月。不，我就要去的地方是超主的家。我将成为第一个离开太阳系的人。

我把这封信交给一个帮助我的朋友，这封信留在他那儿，直到他得知我的计划成功了，至少获得第一阶段成功后再交给你。到那时，超主就是想干预也来不及了。我将远离地球，速度之快，估计任何召回信息都赶不上我，就算能赶上，飞船也不可能掉头飞回地球。再说，我也不相信自己真有那么重要。

首先，我解释一下事情的原委。你知道我一直热衷于太空飞行，但他们不许我们飞往其他行星，不让我们了解超主的文明，这让我一直心有不平。如果不是他们干涉，我们可能早就到达火星和金星了。我承认，我们同样也有可能自毁于钴弹或其他20世纪发明的全球性武器。不过，我时常希望我们有机会靠自己的两条腿独立于世。

或许超主有理由把我们控制在幼儿园里，或许那理由非常合理。可就算真是那样，我的想法也不会改变，也照样会采取行动。

事情是从鲁珀特的聚会开始的（顺便提一句，虽然是他把我引入正途，但他本人并不知情），你还记得他主持的那个滑稽的降神会吧，最后还有个女孩——我忘了她叫什么了——昏了过去。我问超主来自哪个星球，答案是“NGS 549672”。在此之前我并没期待什么答案，一直把这些当作一个玩笑。我了解到这是星球目录上的一个编号，就决定研究一番。我发现它的位置在船底座，我们对超主的情况掌握很少，但其中之一就是我们知道他们恰好来自那个方向。

眼下，我并不知道这个信息是如何传到我们这儿的，也不知道它从何处而来。是不是有人读到了拉沙维拉克的想法？就算是，他也不可能知道他的星球在我们目录里的查询编码。这简直太神秘了。这道题还是留给鲁珀特那样的人来解答吧，希望他们能够胜任！我只要这消息就足够了，我要按照它来行动。

通过观察他们起飞返程，我们了解了不少东西，包括超主飞船的速度。他们离开太阳系时增速极快，不到一小时就接近了光速。这意味着超主必然拥有一种推进系统，平等作用于他们整条船的每一个原子，这样船上的一切才不会被瞬间压碎。我奇怪他们为什么要使用如此巨大的加速度，到了太空不是更有空间和时间提升速度吗？我猜测他们在设法利用恒星周围的能量场，因此他们在离太阳很近的时候起飞或停止。但这些都是次要的……

重要的是，我知道了他们需要走多远，此行要花多少时间。NGS 549672距离地球四十光年，超主的飞船以稍多于百分之九十九的光速行驶，因此整个行程需要我们的时间四十年。我们的时间——这是问题的关键。

你可能听说过，当接近光速飞行时会出现一些怪事。时间本身开始以另一种速度流逝，变得更慢了，因此地球上的数月时间，在超主的飞船上不过是几天。这一结论十分具有奠基性，是一百多年前伟大的爱因斯坦发现的。

根据我们掌握的启动情况，我做过不少计算，也借助了相对论的一些坚实可靠的结果。从某个超主飞船乘客的角度看，前往NGS 549672的旅程需要不到两个月的时间，但在地球上已经过去了四十年。这看起来有些吊诡，不过，想想爱因斯坦宣布这个理论以来，世界上那么多最聪明的大脑为此困惑伤神，也算稍有安慰吧。

大概这个例子可以告诉你会发生什么，让你看清楚状况。如果超主直接把我送回地球，我回家时只不过比原来老了四个月，但地球上已经过去了八十年。所以，玛娅，无论发生什么，我都得说再见了……

这里没有什么事情让我牵挂。你应该很清楚，我走得清清白白。我还没有告诉妈妈，她会歇斯底里的，我受不了。还是这样最好了。自从父亲死后，我尽力体谅她——唉，再提这些事情干什么！

我办了休学，告诉校方因为家里的原因，我要去欧洲。一切都已安排妥帖，你不必有任何担心。

现在看，你可能觉得我太疯狂，因为没有任何人能登上超主的飞船。但是，我找到了办法。这种时机不常有，在这以后就绝不会有了，我相信卡列伦不会再犯同样的错误。你知道那个有关木马的传说吧，那个把希腊战士带入特洛伊城的木马？不过《旧约》里的一个故事更接近……

“你肯定比约拿[1]舒服些，”萨利文说，“没有证据证明

① 耶和华安排一条大鱼吞了约拿，他在鱼腹中待了三日三夜。见《圣经》《约拿书》《马太福音》等处。

当时他有电灯和卫生间。不过，你还需要更多给养，这儿还带了氧气。这么小的空间，你能带两个月用的东西吗？”

他指点着扬铺在桌子上的那张他精心绘制的草图。显微镜当作镇纸压住它的一角，一个奇形怪状的鱼类头骨压住了另一边。

“我真希望氧气不是必须要带的，”扬说，“都知道他们可以呼吸我们的空气，他们只是不太喜欢，而我则有可能完全无法呼吸他们那里的大气。至于补给问题，嗜眠安可以解决。这很安全。上路后我打上一针，倒头睡上六周，多少差不了几天。醒过来也差不多到那儿了。实际上，我担心的并不是食物和氧气，而是一路上闲着无聊。”

萨利文教授沉思着点点头。

“不错，嗜眠安还算安全，剂量也很容易掌握。不过，手边一定得备好充足的食物——一醒过来，你肯定会饿得要命，身体弱得跟个小猫似的。你想象过连打开罐头的力气都没有，活活被饿死的滋味吗？”

“这我想过，”扬说，有点儿不快，“我用通常做法，吃糖和巧克力缓缓力气。”

“好吧。看来你把什么事情都考虑过了，也不会临阵退缩。你这是用自己的命去冒险，我可不想感觉自己在帮你自杀。”

他拿起那个头骨，茫然地举在手上。扬连忙压住图纸，免得它卷起来。

“幸运的是，”萨利文教授接着说，“你需要的装备都是一般标准的，我们的车间几周内就能把它们凑齐。如果你改变主意……”

“我不会。”扬说。

……我慎重考虑过所有风险，计划看来也没有什么漏洞。六周之后，我就会像偷渡者一样出现，向他们自首。那时候——按我的时间，别忘了这一点——整个旅行就差不多结束了。我们将要在超主的世界着陆。

当然，接着会发生什么全由他们说了算。也许我会被下一艘飞船送回家——但至少我能看见点儿什么。我会带上四毫米的照相机和几千米的胶卷。就算不能用上这些东西，也不能怪我。最坏的情况下，我还能证明人类不能被永远隔离。我要制造一个先例，迫使卡列伦采取行动。

亲爱的玛娅，我要说的就是这些。我知道你不会太想我：诚实地说，我们之间从未有过紧密的关系，现在你又嫁给了鲁珀特，在你自己的宇宙里快乐生活。至少，我有此祝愿。

再见了，祝你好运。我会乐意见到你们的孙儿孙女，跟他们讲讲我的事，好吧?

爱你的弟弟

扬

13

第一眼见到它时，扬以为那就是一架正在组装的小型客机。它的外壳有二十米长，呈完美的流线型，工人们带着各种工具，在它四周的轻型脚手架上忙上忙下。

“不错，”萨利文回答扬的问话，“我们使用了标准的航空技术，这里的人大多数来自飞机制造业。很难相信有这么大尺寸的活物，还能让自己跃出水面，但我亲眼见过。”

这的确令人称奇，但扬脑子里想着别的事。他在大骨架上搜寻着能藏下他的小舱——被萨利文称作“空调棺材”的地方。有一点他立刻放心下来：单看这里的空间，它几乎可以容纳一打偷渡客。

“框架看来就要完成了，”扬说，“什么时候你给它套上外皮呢？大概你已经捕到了你的鲸鱼了吧，否则怎么知道做多大的骨架？”

听扬这么一说，萨利文很是得意。

“我们从没打算捕捞什么鲸鱼。它们的皮也不是我们常说的那种皮。所谓鲸鱼的皮是一层二十厘米厚的鲸脂，根本无法铺到这个框架上来。我们要用塑料仿制，然后再精确着色。做成以后任何人都看不出有什么差别。”

要是这么说，还不如超主拍了照，然后回到自己的星球按比例做个等大的模型呢。不过也许他们的补给船回程时是空的，装上一头二十米长的抹香鲸算不得什么。如果拥有如此强大的力量和能源，谁还会在乎节省这么一点半点呢。

萨利文教授站在一尊雕像旁。它的出土给考古学家带来的迷惑，堪比发现复活节岛。这是一位君王、神祇或是别的什么人？它用一双盲眼凝视着他，跟随他的视线看着他打造出的手工品。他为自己的作品感到骄傲，可惜的是它就要流放天涯，人类再也看不见它了。

这是疯狂的艺术家在癫狂迷幻状态下才能完成的戏剧性造型。然而，它更是苦心孤诣才得以创造出的生命拷贝，自然本身就是艺术家。在水下摄像尚未完善之前，很少有人目睹过这种场面，就算见过，也仅仅只是在两个庞大的敌手被冲上水面的几秒钟。交战总是在大洋深处的无尽黑夜中进行，抹香鲸在那里猎食，这食物竟也拼死抗争，避免被生吞的命运……

鲸鱼那长长的、锯齿般的下颚大张着，准备一口咬住它的猎物。这家伙的脑袋差不多整个藏在巨型乌贼翻卷起来的白色、柔软的触角下面。乌贼在拼命挣扎，那些直径足有二十多厘米的青紫色吸盘在鲸鱼皮上留下片片斑痕，一只触角已经折断，拼杀结果已无悬念，在地球上这两种巨型动物的争斗中，总是鲸鱼获胜。虽说乌贼的触角多，力气大，但它唯一的指望就是在被鲸鱼的大嘴撕成碎片之前一逃了之。它那无神的眼睛足有半米来宽，盯着它的死对头——当然，很有可能，在黑暗的深渊里它们谁也看不见谁。

整个展品的长度超过三十米，现在四周已经用一个铝条笼子罩了起来，下面安上了滑轮车。一切准备就绪，只等着为超主效劳了。萨利文盼着他们快点行动，悬而不决的滋味可不好受。

有人从办公室里出来，走到炽热的阳光下，显然是来找他的。萨利文认出那是他的主任，便朝他走了过去。

“我在这儿，比尔。有什么事吗？”

对方手里拿着一张电报单，看上去挺高兴。

“有个好消息，教授。我们获得一份殊荣！监理人要在起运前亲自下来看看我们的杰作。这样一来我们就出名了！这对我们申请新款项肯定大有帮助！我一直在盼着这个呢。”

萨利文教授吃力地咽下了一口唾沫。他从不反对扬名，但他担心这次一下子来得太多了。

卡列伦站在鲸鱼头的一侧，仰视它巨大、圆钝的口鼻和布满白色牙齿的下颚。萨利文掩饰着不安，揣测着超主在想什么。他的一举一动容不得猜疑，这次访问也属于很正常的那种。不过，萨利文还是希望它快点儿结束。

“我们的星球没有这么大的动物，”卡列伦说，“因此我们向你定制了这一套。我的——嗯，同胞们，会觉得很惊奇的。”

“你们那里引力小，”萨利文回答，“我还以为你们有非常大的动物呢。不管怎么说，你们长得就比我们高大。”

“的确。但是我们没有海洋。就动物的形体大小而言，陆地永远不能跟海洋相比。”

说得一点儿不错。萨利文想。就他所知，人类还未曾了解到超主世界的这一事实。扬，见他的鬼，对此一定很有兴趣。

这会儿，那个年轻人正坐在一公里外的一间小屋里，焦急地用野外望远镜观察这里的一切。他一直在对自己说，没有什么可害怕的。无论多么靠近鲸鱼观察，也发现不了那个秘密。不过，也有可能卡列伦怀疑到了什么，然后继续跟他们玩下去。

这种疑虑在萨利文的脑子里滋生起来，他看见卡列伦正朝那巨大的喉咙里窥视。

“在你们的《圣经》里有个很有意思的故事，”卡列伦说，“希伯来先知约拿被从船上扔了下去，让鲸鱼吞进肚里，又被安全带回岸上。你觉得这种传说有什么根据吗？”

“我相信，”萨利文谨慎地回答，“有一个经过证实、十分可信的例子，一个捕鲸者被吞掉后又被吐了出来，没受任何损伤。当然，要是他在鲸鱼体内多待几秒钟就会窒息，幸运的是，他没有被牙齿咬到。这故事的确令人难以置信，但也不是不可能。”

“很有意思。”卡列伦说。他在鱼的大颚旁边又站了一会儿，就过去查看乌贼了。萨利文松了一口气，希望卡列伦没注意到这一点。

“要是早知道有这么多麻烦，”萨利文教授说，“当初就该把你从办公室撵走，省得被你的精神错乱传染。”

“我对此很抱歉，”扬回答说，“但我们成功了。”

“但愿是成了。不管怎样，祝你交好运吧。如果你改变主意，还有最少六个小时可以考虑。”

“我不需要这六个小时。现在只有卡列伦能够阻止我。谢谢你做的一切。如果我能回来，写本有关超主的书，我会把它题献给你。”

“好像我缺这个似的，”萨利文粗声粗气地说，“那时候我都死了很多年了。”让他吃惊甚至有些惶惶不安的是，自己从来不多愁善感，可这种离情别绪影响了他。一同经历了几周的时间经营谋划，他开始喜欢上了扬。再者，他也担心自己会不会成了一次复杂自杀行动的帮凶。

他扶稳梯子，让扬小心地躲着成排的牙齿，爬进那只大嘴巴。就着手电光，他看见扬回过头来摆手，随即消失在洞穴之中。气闸盖子砰的打开再合上，然后，一片沉寂。

月光将凝固的战局转化成噩梦中的一景，萨利文教授慢慢走回自己的办公室。他不知道自己做了什么，会导致什么结果。但这结果他永远不会知道了。扬可能再次回到这儿来，只不过花费了他几个月的生命，在超主的星球与地球间走一遭。如果他如愿以偿，一切会在无法穿越的时间屏障的另一端，在未来的八十年以后。

扬刚一关上里面的门，小金属筒里的灯就亮了。他毫不耽搁，立刻着手早已计划好的例行检查。所有供给设施在几天前都装好了，最后检查一下是否已完成所有该做的事，能让他思路清晰，更加放心。

一小时后他才算踏实下来。他躺在海绵橡胶床垫上，回顾了一遍整个计划。唯一的噪音是那只电子日历闹钟发出的轻微嗡嗡声，它会在旅程接近结束时提醒他。

他很清楚，不能指望在这个小单间里感觉到什么，推动超主飞船的力量无论有多强大，都会被完全抵消掉。萨利文曾指出他展品的造型会在大于地球几个引力的条件下散架，他的“客户”让他尽管放心，说不会发生这种危险。

不过，还是会发生大气压的较大变化。这无关紧要，因为空心模型会用不少孔洞“呼吸”。在离开他的单间之前，他要进行压力平衡，还得考虑到超主船舱里的空气可能会让他无法呼吸。用一个简单的面罩和氧气装置可以解决这个问题，用不着太复杂。如果他能不通过仪器呼吸，那就更好了。

没必要再等下去了，等待只能让他的神经绷得更紧。他拿出那支针管，里面早已装好精心准备的溶液。嗜眠安是在研究动物冬眠过程中发现的，一般认为它能促成假死，这并不确切。它只是大大放慢了生命运转的过程，新陈代谢依然持续在一个较低的水平。就像压熄的一堆生命之火仍在灰烬下燃烧，几周或几个月过去，药性一过，它会再度燃起熊熊烈火，沉睡者就会苏醒。嗜眠安非常安全，大自然已经使用了上百万年，保护它的无数孩子度过食物匮乏的严冬。

扬睡着了。他丝毫没有察觉起重缆绳拖拽着金属结构升上超主货船。他也没有听到舱门关闭的声音，直到三百万亿公里之外它才会再度开启。他不会听到穿过万能船体的遥远而微弱的声音，那是飞船快速返归自己的生存天地时，地球大气发出的抗议呼喊。

他也同样感觉不到，飞船开始了星际航行。

14

每周一次的会议总是让会议室里拥挤不堪，今天更是人满为患，挤得记者们都无法写字。他们一次次地相互抱怨卡列伦太保守，考虑不周。在地球的任何地方他们都能携带相机、录音机之类专业的技术设备，但在这儿，他们只能依靠老掉牙的纸和笔，更不可想象的是，还有速记。

当然，有过那么几次，有人偷偷带了录音机进场，又瞒天过海带了出去，可打开一看，发现机芯在冒烟，说明这种尝试毫无意义。现在所有人都明白了，为什么超主三番五次警告他们，为了自身利益要把手表等金属物件留在会议室外。

但卡列伦自己却把会议全程统统录下来，这就更不公平了。疏忽大意或者错误领会了意思的记者（虽然这种情况不多）会被召去开一个令人不快的短会，重放录音，让他们仔细听监理人到底说的是什么，这种小会只开一次就足够了。

奇怪的是消息是怎么传出去的。先前并没有通知，但每次卡列伦有重要声明发布的时候，会议室总是满满当当。这种情况平均每年能有两三次。

大门开启，沉默立刻降临在低声说话的人群中，卡列伦向前走上讲台。光线很暗——无疑这种亮度接近超主微弱的太阳光——地球的监理人没像在户外那样戴着墨镜。

对人们嘈杂的问候他仅回答了一个公式化的“各位早上好”，然后转向人群前排的一位身材高大、十分著名的人物。这位古尔德先生是记者协会的元老，让人想起那个有趣的笑话——管家对主人回禀：“来了三位报社记者，老爷，还有一位来自泰晤士河的绅士[①]。”——他就是里面的那位绅士，穿着和举止就像一位老派外交家，任何人都会毫不迟疑地信任他，任何人也从未对他感到失望。

“今天实在太挤了，古尔德先生。一定是新闻短缺吧。”

来自泰晤士河的绅士笑了一下，清了清嗓子。

“我希望您可以改变这一状况，监理人先生。”

① 笑话里的管家把《泰晤士报》从字面理解为“泰晤士河”。

他专注地看着卡列伦，后者在思考着如何回答。

真是不公平，超主们的脸像戴着一块坚硬的面具，看不出一丝情绪的流露。一双很大很宽的眼睛，即使在这种微弱的光线下，瞳孔也缩得很小，莫测高深地凝视着人们坦诚而好奇的眼睛。如果那凹陷的、黑陶般的曲面能叫作脸颊的话，一对呼吸的孔洞在脸颊一左一右，随卡列伦那未必存在的、加工着地球稀薄空气的肺脏发出微弱的鸣音。古尔德能看见一丛细小的白色毛发跟着卡列伦快速地一呼一吸来回摆动。人们普遍相信那是一对灰尘过滤器，依照这种贫乏的证据竟也衍生出不少关于超主家乡大气的理论。

“是的，我有一些新闻给你们。你们显然都很清楚，一艘补给船最近才离开地球返回基地。我们刚刚发现船上有一位偷渡者。”

一百支铅笔霎时停住，一百双眼睛盯着卡列伦。

“一个偷渡者，您是这样说的吗，监理人先生？”古尔德问道，“我是否可以问一下他是谁，是如何登上飞船的？”

“他的名字是扬·罗德里克斯，开普敦大学工程系学生。其他细节你们无疑会通过各自非常有效的渠道挖掘出来。”

卡列伦笑了。监理人的笑很怪，大部分动作都在眼睛上，那没有嘴唇的嘴巴却是僵硬的，一动不动。古尔德想，这是不是卡列伦又一个精心模仿的人类习惯呢？整个效果的确是笑，那就照单收了也好。

“至于他是怎样离开地球的，”监理人继续说，“并不十分重要。我可以向你们，或者任何一位潜在的宇航员保证，这种事绝对不可能再次发生。”

“你们要把这个年轻人怎么样？”古尔德追问道，“会把他送回地球吗？”

“这不是我能决定的事，但我希望他能搭乘下一条飞船回来。他会发现自己去的地方太不一样，完全谈不上舒服。现在就说到我们今天开会的目的了。”

卡列伦顿了一下，台下陷入更深的沉默。

“你们那些年轻和喜爱浪漫的人抱怨我们对你们关闭了外太空。我们这么做是有目的的，并不是因为它带来了乐趣而强加禁止。你们是否停下来仔细考虑过——抱歉，我打个不太讨好的比方——一个来自你们石器时代的人如果突然发现自己身处现代城市，他会作何感想？”

“可是，”《先驱论坛报》的记者抗议道，“这有本质的区别。我们已经习惯了科学。你们的世界无疑有不少我们无法理解的东西，但对我们来说并不具备魔力。”

“你怎么会如此肯定？”卡列伦说，语气轻柔得几乎让人无法听清，“电力时代和蒸汽时代之间仅相隔一百年，但是，一个维多利亚时代的工程师怎么理解电视机或者计算机呢，他要是开始琢磨这些东西的原理，还能活多久？两种技术之间的鸿沟巨大，是致命的。”

“嘿，”路透社记者对BBC的代表耳语道，“我们运气好，他就要宣布一项重要政策了，我能看出苗头。”

“我们把人类限制在地球上，还有其他原因。看吧。”

灯光变暗，进而完全熄灭。然后，屋子中央出现了一团乳白色的光，凝聚成一个星星的旋涡——这是从遥远距离观看的螺旋星云。

“人类以前从未见过这个景象，”黑暗中传出卡列伦的声音，“你们看的是自己的宇宙，岛星系，你们的太阳是其中一员，这是从五十万光年以外的距离观看的。”

长时间的沉默。然后，卡列伦继续说下去，他的声音里带有一种说不上是同情还是轻蔑的腔调。

“你们的种群显然完全无力处理自己这个相当小的星球上的问题。我们到来时，你们正处在被自己的力量毁灭的边缘，科学轻率地赋予了你们这种力量。没有我们的干预，地球早已是一片充满辐射的荒野。

“现在你们拥有一个和平的世界，一个联合的种族。不久以后，你们的文明程度就足以管理自己的星球，不需要我们的协助了。或许你们最终能够处理整个太阳系里五十颗卫星和行星的问题。但你们真正想过有朝一日你们能应付这些问题吗？”

星云在扩大。一颗颗星星匆匆流过，飞速闪现、消失，就像打铁迸出的火花。每个短暂的火花都是一个太阳，不知有多少行星世界绕着它旋转……

“在你们这个单独的星系，”卡列伦低声说，“一共有八百七十亿颗‘太阳’，这个数字对于浩渺的太空而言无足轻重。同它挑战，就如同蚂蚁要给全世界沙漠的每一粒沙子贴标签分类一样徒劳。

“你们的种群在目前的进化阶段还不能面对这样的巨大挑战。我的一项使命就是保护你们免受星系之间能量和力的侵害，那种力量是你们无法想象的。”

旋转着火与雾的星系图暗淡下去，灯光又亮了起来，大会议厅一下陷入沉默。

会议已经结束，卡列伦转身要走。他在门边停了一下，望了望安静的人群。

“想来有些痛苦，但你们必须面对。你们有朝一日可能拥有某个行星，但恒星不适合人类。”

“恒星不适合人类。”的确，天际之门就这么一下子迎面关上，一定让他们心烦意乱。不过他们应该学会面对真理，或者说他出于怜悯所给予的那部分真理。

自同温层这个孤高之境，卡列伦望着下面他勉强受命看管的世界和人类。他在思考着摆在前面的一切，想着再过仅仅几十年后这个世界的模样。

他们不会知道自己多么幸运。人类花了一辈子的时间得到了那么多幸福，别的种族甚至从未听说过。这是一个黄金时代。不过，金色也是日落的颜色，秋天的颜色，只有卡列伦的耳朵能捕捉到冬天风暴的第一声呼号。

也只有卡列伦知道，这个黄金时代会以怎样无情的速度冲向终点。

第三部分

/最后一代

15

“看看这个！”乔治·格瑞森气哼哼地说着，把报纸扔给简。她伸手去接却没接着，报纸无力地摊在餐桌上。简耐心地擦掉粘在上面的果酱，读起了那一段，努力做出不赞成的样子。她装得不太在行，因为她总是赞同那些评论。通常她都把那些异端见解留在心里，并非仅仅为了息事宁人。乔治总希望听到她的（或无论是谁的）夸赞，要是她斗胆对他的工作批评一两句，他会就她的艺术品位发一通长篇大论。

这评论她读了两遍才放下。评价得还挺不错，她依旧这么跟他说。

“看来他喜欢这场演出。你还埋怨什么呢？”

“这个，”乔治吼着，用手指戳着专栏的中间部分，“你再读一遍这儿。”

“‘衬托芭蕾情节的绿色背景精致柔美，让人十分悦目。’怎么啦？”

“不是绿色的！我花了不少时间才调出那种纯正的蓝色！结果呢？不是那该死的技师在控制室搞错了色彩平衡，就是那个白痴评论家戴了个色盲镜。对了，我们这儿接收的是什么颜色？”

“嗯，我记不得了，”简如实相告，“当时乖宝哭闹起来，我就过去看她怎么样了。”

“哦。”乔治慢慢恢复了冷静。简知道另一次爆发随时会发生，不过，爆发来得却很温和。

“我给电视下了一个新定义，”他沮丧地嘀咕着，“我认为它是一种阻断艺术家与观众交流的装置。”

“那你有什么办法呢？”简反问道，“回到剧院看现场演出吗？”

“为什么不？”乔治问，“我在思考的就是这个问题。你知道我收到的那封新雅典人的信吧？他们又给我来信了。这次我要回复他们。”

“真的？”简说，有些警觉起来，“我觉得他们是一群怪人。”

"好吧，只有一种办法能证实这一点。我决定两个礼拜后去见见他们。我觉得他们写的那些文学作品的确很理性。他们那儿有些很好的人。"

"要是你指望我烧柴做饭，或是穿兽皮什么的，你得……"

"你可别发傻了！那种传言纯属胡说八道。聚居地有现代生活的一切必需品。只是他们拒绝毫无必要的虚饰。仅此而已。总之，我有好几年没去太平洋了。我们来一趟双人游吧。"

"我同意跟你去，"简说，"但我不想让小家伙和乖宝两个长成波利尼西亚野人。"

"他们不会的，"乔治说，"这我可以向你保证。"

他说对了，但一切并非他设想的那样。

"你们飞抵的时候也注意到了，"走廊另一端的小个子男人说，"聚居地包括两个岛，由一条堤道连通。这个是雅典，另一个我们命名为斯巴达。那里很荒凉，到处是石头，是运动和训练的好地方。"他的眼睛朝游客的腰间投去一瞥，乔治在藤椅上不安地扭动了一下身子。"斯巴达是一座死火山，至少地质学家是这样说的，哈哈！

"回过来说雅典。聚居区的目的是建立一个独立、稳定的文化群落，它有自己的艺术传统。应该说明，在开始这项事业之前，我们已经做了大量研究工作，这的确是一项以某种极其复杂的数学为基础的应用社会工程学案例，我不太明白数学，我所了解的只是，数学社会学家计算出了聚居区该有多大，应该包括多少种类的人，首先是制定什么样的宪法保持它的持久稳定。

"我们由一个八名指导者组成的理事会管理。他们分别代表生产、能源、社会工程、艺术、经济、科学、体育和哲学。没有常设的主席或会长。主席的职务由指导者担任，每年轮换一次。

"我们目前的人口刚过五万，比预期最适宜人口数略少。因此我们征召新人。当然，我们也有一些损耗。在某些特殊人才方面，我们尚无法自给自足。

"在这个小岛上，我们设法挽救人类的某种独立性和艺术传统。我们不与超主为敌，只想单独生活，走自己的路。他们摧毁了旧的国家和人类有史以来所习惯的生活方式，扫除坏的东西的同时，也毁掉了不少好东西。现在的世界过于平静，毫无特色，文化死灭。超主来了以后人类就再没有任何新的创造了。原因很明显。没有任何需要奋斗的东西，消遣和娱乐过多了。你们觉察到了吗？每天广播和电视的各个频道播放的东西加起来有五百小时，就算你不睡觉，其他什么也不做，你也无法享用这些娱乐的二十分之一！难怪人们会变成被动的海绵——只吸收，不创造。你们知道吗，现在人均看电视的时间为每天三小时！很快人们就不再过自己的生活了。紧追各种电视家庭系列剧即将变成一种全职工作！

“在雅典这儿，娱乐自有它的合适位置。还有，它是实况现场，不是预先录制的。在这样规模的社区里可能让观众都到场，这对观众和艺术家都很重要。顺便提一下，我们有一支非常好的交响乐团，大概可以跻身世界前六。

“但我不想让你们只是听我说。一般情况是，那些有可能成为这里公民的游客在这里住上几天，感觉一下这里的生活。如果他们决定加入我们，我们就让他们参加一系列测试，这是我们的一道主要防线。三分之一的申请者会被拒绝，拒绝的原因通常不会对他们产生任何不良影响，对外界也没有意义。获准通过的人先回家去，有足够的时间让他们处理自己的事务，然后再回到我们这儿来。有些人在这个阶段改变了主意，但这种情况很少见，几乎都是出于他们无法控制的个人原因。我们的测试几乎百分之百可靠：那些通过了的人就是真正想来的人。”

“要是有人搬来之后改变主意呢？”简担心地问。

“他们可以离开，一点儿也不难。这种事发生过一两次。”

一阵很长的沉默。简看了看乔治，他一边沉思，一边用手搔着艺术圈十分流行的络腮胡子。他们没有给自己断了后路，简也没有过分焦虑。聚居地看上去挺有趣，也不像她所害怕的那么怪异。孩子们也会喜欢这儿的，这一点很重要。

六周后他们搬了进去。单层的房屋很小，但他们的四口之家已不会再扩大了，所以也就足够使用。所有的代劳设施一应俱全，至少简不用担心会回到家务繁重的黑暗年代。不过，发现这里有个厨房时，她觉得有些困惑。在这种规模的社区里，人们通常会打电话给食品中心，等上五分钟就能收到自己点的餐了。个性固然很好，但现在，简担心事情是否做得太过了。她闷闷不乐地寻思，是不是她不但要给一家人做饭，还得给他们缝制衣服呢？不过，她没在自动洗碗机和雷达测距器之间看到织布机，看来还不至于那么糟……

当然，房子的其他地方看上去光秃秃的，毫无修饰。他们是这里的第一家住户，要过一段时间这个崭新无菌的屋子才会变成温馨的人类住家。孩子们无疑会十分有效地加快这一进程。杰弗里不幸的牺牲品已经（简这时还不知道）在浴缸里断了气，全因为这年轻人不知道淡水和盐水的基本差别。

简走近没挂窗帘的窗户旁边，眺望整个聚居地。毫无疑问，这地方很美。房子地处一座小山的西面山坡上。小山高耸于雅典岛，再无任何竞争者与之匹敌。她可以看见在北面两公里外，一条堤道通向斯巴达，如一把薄刀分断水流。那多岩的小岛遍布火山锥形石，与自己这边宁静的景色形成巨大反差，有时让简觉得可怕。她很好奇为什么科学家会认为这火山不会再度苏醒，湮没周遭的一切。

一个人影时隐时现地上了坡，小心地走在棕榈树的阴影里，全然不管道路规则。这引起了她的注意。乔治开完了他的第一次会议回家来了。别再做白日梦了，去忙些家务事吧。

金属的碰撞声宣告乔治骑着自行车到家了。简不知道要等多长时间他们才能一块儿学会骑车。这又是一个料想不到的问题。岛上不允许开车，实际上也没有必要开车，因为最长的直线距离也不到十五公里。这里有几种公共服务车辆——卡车、救护车和消防车，都是严格限制的，遇到真正的紧急情况才能使用，速度限定在每小时五十公里以内。这让雅典居民们有了不少锻炼的机会，街上从不拥挤，也没有交通事故。

乔治草草吻了一下自己的妻子，往身边的椅子上一坐，轻松地出了一口气。

“嚯！”他边说，边擦着自己的脑门，“上山的时候其他人都赛过了我，看来人们都已经习惯了。我觉得我已经减了十公斤。”

“你这一天过得怎么样？”简关切地问。她希望乔治不至于太疲惫，还能帮她拆拆包裹。

“非常刺激。当然，见到的人里，我连一半都记不住，但他们都很高兴。话剧也如我所愿非常好。我们下周开始排练萧伯纳的《千岁人》，我来全盘负责布景和舞台设计。这下就改观了，不用那么十几二十个人告诉我，不能这么做那么做了。是啊，我觉得我们会喜欢这儿的。”

“自行车也不是问题了？”

乔治攒了攒气力才勉强笑了一下。

“不是问题，”他说，“过几个礼拜，我就不会在乎这么个小山坡了。”

他并不完全相信，但实际上的确是这样。过了不到一个月，简就不再惦记汽车了，她也发现一个人在自己厨房里能做出许多神奇的事情。

“新雅典”跟它借用名字的那个城市不同，它不是自然产生和发展的。聚居地的一切都出自精心的计划，是很多卓越人才经过多年研究的结果。一开始，它是一个公开的、反对超主的策略，如果说不是针对他们的力量，至少也是对其政策的蓄意挑战。最初，聚居地的发起者相信卡列伦会想办法挫败他们，但监理人几乎什么都没有做。他的反应出乎预料，反倒令人不安。卡列伦有的是时间，他也许准备拖延一下再做反击。或许他确信这个计划早晚会失败，用不着他采取什么行动。

很多人预言聚居地最终会失败。过去，早在那些社会动力学的知识诞生之前，就存在过不少热衷某种宗教或者哲学目标的社团。它们的死亡率的确很高，但有些存活下来了。新雅典的基础依托现代科学，保证其安全无虞。

选择一个岛屿建立聚居区有很多原因，心理层面的考虑也很重要。在全球航空运输时代，海洋已不再是一种自然障碍，但仍然能造成一种疏离感。再者，有限的土地面积也让聚居地不可能住下太多人。人口最高限定在十万，超过这个数量，一个小型而联系紧密的社会所固有的优势就会丧失。设立者的目的之一就是任何一个新雅典的成员都应该认识所有与之趣味相同的人，然后再认识余下人中的百分之一二。

新雅典计划的主要推动力来自一位犹太人。就像摩西一样，他没有来得及活着进入他的希望之乡，聚居地是在他去世三年后才建成的。

他在以色列出生，这是最后成立的独立国家，因而也是最短命的一个。那里感受到的国家主权终结的痛苦滋味大概比任何地方更深，经历了几个世纪的奋斗才达成的梦想就这样失去了，的确令人难以接受。

本·所罗门不是极端狂热的人，但童年的记忆一定在不小的程度上决定了他日后付诸实现的人生观。他记得超主们到来地球之前世界的模样，他不想回到那个过去。像其他不少学识渊博、心地善良的人一样，他能够正面肯定卡列伦对人类所做的一切，但也对监理人的最终计划有些不满。他偶尔对自己说，尽管他们拥有超凡的智能，但是否有可能超主并没有真正理解人类，进而出于好意而犯下大错呢？有没有可能，出于对公正和秩序的无私热情，他们决意改变世界，却没有发现自己在摧毁人类的灵魂？

衰退尚未开始，虽然不难发现这衰退的最初征兆。所罗门并不是艺术家，但他具有敏锐的艺术鉴赏力，他知道，自己这个时代的艺术成就，无论在哪个领域都无法与前几个世纪相提并论，也许与超主文明碰撞造成的震荡消退后，一切又会回到正轨。但也有可能不会，而谨慎处事的人应该考虑实施保全策略。

新雅典就是这个策略。建成它花费了二十年时间，数十亿的资金——对于整个世界的财富来说，这点钱微乎其微。头十五年什么事儿也没有，一切都发生在最后的五年。若不是所罗门当初说动了一帮世界艺术名家承认他的计划完美无瑕，那么整个工作就不可能完成。他们认同它，只是因为它迎合了他们内在的自我，而不是因为它对全人类有多重要。不过，一旦说服他们，整个世界也就唯命是从，给予道义和物质上的支持了。在艺术天才营造的壮观背景上，建筑家们铺开了他们的聚居区建设计划。

人类社会中的个体行为是无法预知的。但如果基本单位聚集到一起，一些规律就显现出来了。很久以前人寿保险公司就发现了这一点。谁也说不清某个特定时间内哪个人会死去，但这段时间的人口死亡总数却能够相当准确地加以预计。

还有其他更为微妙的规律，在20世纪初由维纳和拉沙维斯基等数学家首先发现，他们指出，经济萧条、军备竞赛的后果，社会团体的稳定性和政治选举等问题，都能用正确的数学手段加以分析。最大的困难在于变量太大，很多无法用数值项来表示。谁也不能画上几条曲线就下断言说“这条线走到这儿就意味着战争”。谁也不能完全排除重要人物被暗杀、某项科学新发现的结果等等全然不可预知的事件，更别说地震和大洪水这种对众生和社会造成巨大影响的自然灾害了。

不过，借助一百年来耐心积累起来的知识，人类可以做很多事。要是没有大型计算机的帮助，这项事业就不可能实现。它在几秒钟内就能完成上千人的计算工作。聚居区计划最大限度地运用了这种先进技术。

即使如此，新雅典的奠基者也只能为他们珍爱的植物提供生长所需要的土壤和气候，但要使之开花结果，也许还办不到。就像所罗门自己说过的："我们相信才华，但我们更祈求天赋。"有理由希望在这样集中的环境中会发生一些有趣的反应。很少有艺术家能够在疏离之中茁壮发展，相同趣味的思想碰撞才会激发出艺术的繁荣。

这种碰撞已经在雕塑、音乐、文学批评和电影制作行业产生积极的成果。但要判断后世的历史学者们是否能如奠基者们所期待的那样，重拾对人类往昔成就的自豪感，现在下判断还为时尚早。绘画仍处于衰退中，这助长了那种认为静止的二维艺术形式毫无未来的观点。

非常明显的是——尽管对此还没有找到一个令人满意的解释——在聚居地最为突出的艺术成就中，"时间"起着重要作用。就连雕像也很少静止不变。安德鲁·卡尔森曲里拐弯的神奇作品会按照思维可以察觉的复杂图案慢慢变化，尽管观赏者不能完全理解。卡尔森宣称，他将上一世纪的抽象可动雕塑臻于极致，使雕塑和芭蕾结合为一体。这话多少也合乎实情。

聚居地的多数音乐实验十分具有自觉性，关心一种所谓的“时间跨度”问题。大脑能捕捉到的最短音符和它能忍受的最长音符是什么？调整音符或通过装备能够改变它的效果吗？对这种问题的讨论无休无止，辩论也不全是纯理论式的。其结果诞生出了一批非常有趣的音乐作品。

不过，新雅典最成功的试验来自具有无限可能性的动画艺术。迪斯尼时代已经过去了一百年，这个媒体最具活力的领域仍留有许多未竟之业，就写实性的一面看，动画已经跟实际拍摄出的照片无法区别，这让那些按照抽象路线发展动画的人更为不齿。

一批至今没什么作为的艺术家和科学家引起了人们强烈的兴趣——也引起了十足的警惕。他们就是追求“极度真实”的那组人。他们在电影发展史上的轨迹就是解释他们行为的线索。一开始，有了声音，而后，是颜色，接着，立体视法，再后来是全息电影。这条线把老式的“活动图画”变得越来越接近现实。一切的终点在何处？不错，最后的阶段就是观众忘记自己是观众，成为电影的一部分。这就需要刺激所有感知，可能还需要动用催眠术，但很多人认为这切实可行。达到这一目标，人类体验将获得极大的丰富，一个人可以成为另外任何一个人，至少短时间可以，他可以参加任何想象中真正的或是假想的历险。他甚至可以变成植物或动物，只要他可以捕捉并记录这些生物的感知印象。当“节目”结束，他获得的记忆就跟他实际生活中经历过的一样生动形象——实际上，已经无法同真正的现实区分开。

这种前景令人眼花缭乱。不少人觉得它实在可怕，希望整个行当最好垮掉，但他们心里明白，一旦科学宣称一件事情可能，它的最终实现就不可避免了……

这就是新雅典以及它的一些梦想。它希望成为那个旧雅典，不过是以机器取代了奴隶，以科学取代了迷信的旧雅典。但是，这个实验是否能够成功，还不能过早论断。

16

杰弗里·格瑞森这个岛民至今未对美学或者科学产生兴趣，尽管这是他父母的两项主业。他真心喜欢聚居地，完全是出于个人的原因。往任何方向走几公里都会见到海，而大海让他着迷。他年轻生命的大段时光在内陆度过，还没有习惯被大海环绕的新颖生活。他是个游泳好手，整天骑着车，跟着一群小伙伴，带着潜水蹼和面罩去礁湖的浅水滩探险。一开始简对此不太高兴，后来她自己下潜了几个来回，不再害怕大海和海里的奇怪生物，也就依着杰弗里，任他随意玩耍了。她唯一的条件是不准他单独下海游泳。

对这种变化表示欢迎的格瑞森家庭成员还有一位，就是那只漂亮的金毛猎犬费伊，费伊的主人本来是乔治，但它却跟上了杰弗里，两者难舍难分，白天在一块儿，要不是简坚决反对，他们俩晚上也睡在一起。只有杰弗里骑车出去时，费伊才留在家里，无精打采地卧在门前，鼻子伏在两只爪子上，用它那湿漉漉的眼睛幽怨地望着下面的路。这让乔治很是恼火，他在费伊身上花了大价钱，买了它，又精心维持它的纯正血统，看来只有等三个月后它生出下一代，他才能有属于自己的狗了。简倒不这么看，她喜欢费伊，认为每户人家养一条狗就足够了。

只有詹妮弗·安妮说不清自己是否喜欢聚居地。这倒也不奇怪，她还没有见过帆布小床的塑料围栏外面的世界，也从未怀疑过有这样一个世界存在。

乔治·格瑞森很少想到过去，他在忙着计划未来，忙着自己的工作和孩子的事。他的确很少想到多年前在非洲度过的那个夜晚，也再没有跟简提起过，双方默契地避开这个话题。虽然三番五次收到他们的邀请，从那以后他们再也没拜访过鲍依斯夫妇。他们一年几次打电话给鲁珀特，编造些理由回绝他，最近他也就不再打搅了。他跟玛娅的婚姻却维持得很好，这让大家十分惊奇。

那天晚上发生的事情，让简完全丧失了涉足那些已知科学边界之外神秘事物的欲望。吸引她接近鲁珀特和他的实验的那种天真、不加判断的好奇，现在全都消失了。也许她已经相信了，不需要更多证据。乔治不打算问她，也可能是做母亲的操心事驱散了她脑子里的这类兴趣。

乔治觉得没必要为那些永远解不开的谜团操心。当然，有时候在某个静谧的夜晚醒来，他也会空想一番。他还记得在鲁珀特家屋顶遇到扬·罗德里克斯，记得跟这个唯一成功挑战超主禁令的人说过的那几句话。乔治想，自那次他跟扬交谈后，将近十年过去了，但对这个遥遥远去的旅行者来说，时间仅仅过了几天。超自然领域的任何东西都不如这个简单的科学事实更荒诞、怪异。

宇宙广阔无边，但让他更害怕的不是这一事实，而是其内在的神秘。乔治本不喜欢深究这类事情，但有时他觉得，人类就像躲在一个隐蔽的游戏场里自娱自乐的孩子，隔绝于外部世界的残酷现实的侵扰。扬·罗德里克斯痛恨这种保护，所以他逃离出去，逃到无人知晓的地方。不过，在这个问题上，乔治发觉自己站在了超主一边。他不想面对科学之光照不到的那片无知的黑暗，无论那里潜藏着什么。

“怎么搞的？”乔治不快地说，“怎么我一在家，杰夫就总是四处乱跑。今天又是去哪儿了？”

简停下手里的活儿，抬起头来。她正在编织，这是一种近期恢复的古老风俗，很是流行，这类风尚在岛上像一阵风，来得急，去得也快。编织热让岛上所有男人都穿上了花里胡哨的毛衣，白天太热，日落后穿上它倒很合适。

“他跟几个朋友去斯巴达了，”简答道，“他答应晚饭前回来。”

“我本来要回来干活的，”乔治一边说，一边琢磨着，“可今天天气挺好，我想去游一会儿泳。你要我带什么鱼回来？”

乔治从未捉到过什么鱼，礁湖那儿的鱼更不好逮。简刚想说这些，就听见一种声音划破下午的宁静，甚至在这和平的时代听上去也让人胆战心惊，头皮发麻。

那是一阵警报声，声音传扬开来，将危险的信息从小岛的中心传到海上。

近百年来，在海底深处的茫茫黑暗中，压力一直在慢慢增长。虽然海底峡谷在几个地质年代前已经形成，备受折磨的岩石却从不打算安于现状。海水的重压打破了岩层维持的不稳定平衡，让它们无数次地开裂、移动。现在它们又准备移动了。

杰弗里沿着斯巴达狭窄的海滩探究那些满是岩石的水坑，他对这类地方充满好奇，研究起来没完。谁也不知道这里藏着什么稀奇古怪的动物，它们在此躲避太平洋席卷过来、最后撞向暗礁的层层巨浪。这儿简直是儿童的乐园，而现在都归他一人所有，他的伙伴全都往山上去了。

这一天宁静平和，一丝风也没有，连礁石远处一直传出的咕隆声也减弱了许多。烈日挂在半空，但杰弗里红褐色的皮肤已不太在乎被它炙烤了。

这儿的海滩是一段窄窄的条形地带，陡坡向下通向礁湖。透过澄澈的海水，杰弗里能看到海底的岩石，他已十分熟悉这里的地形，就跟在岸上一样。大概十米深的地方有一艘古老的纵帆船，它的龙骨覆满水草，侧翻的船底对着那个两百年前离开的世界。杰弗里和伙伴们经常来看这条残骸，希望找到什么隐藏的珍宝，但他们最后大失所望，找了很久也只找到一个上面爬满藤壶的指南针。

好像有什么东西一下子紧紧抓住了海滩，让它猛地抽搐了一下。震动很快就消失了，让杰弗里还以为那是他凭空想象出来的。也许是短时花眼了吧，四周的一切都在那儿好好的，没有一丝变化。礁湖上波澜不兴，天空宁静无云，毫无危险的征兆。但紧接着，非常奇怪的事情就发生了。

海水突然从岸边退去，比退潮还要快。杰弗里迷惑不解地看着，一点儿也不害怕。潮湿的沙滩露了出来，闪烁着阳光。他跟着后退的海水，想弄明白是什么奇迹为他开启了海底世界。现在，水面退得那么远，就连那残骸的桅杆都露了出来，指向空中，上面的水草失去了水的供养，毫无生气地挂在那儿。杰弗里快步向前，急于看到接着会出现什么奇迹。

这时他才注意到礁石的声响。他以前从未听过这种声音，停下脚步想弄清楚，他裸露的双脚慢慢沉入湿湿的沙土中。几米之外一条大鱼痛苦地打着滚儿，在做垂死挣扎，但杰弗里几乎没有注意到。他站在那儿，警觉地听着礁石那边的噪音越来越大。

这是一种吮吸的汩汩声，好像小河奔过狭窄水道发出的声响。这是大海的怨怼声，它不甘心丢下自己正当占有的领地，哪怕只是一小会儿。百万吨的海水退出礁湖，流过珊瑚优美的枝枝杈杈，流过水下隐藏的无数洞穴，进入广阔无边的太平洋。

过一会儿，海水就会回来，它会很快，很猛。

几个小时后，一支救援队在一块抬升至离海平面二十米高处的巨大的珊瑚礁石上找到了杰弗里。杰弗里并没受到什么惊吓，只是因为自行车丢了有点儿难过。他还觉得很饿，部分堤道被毁，让他没法回家。找到他的时候，他正打算游回雅典，如果海流不发生急剧改变，这办法一点儿不成问题。

简和乔治目睹了海啸袭击小岛的全过程。尽管雅典较低的地方破坏严重，但没有人丧命。地震仪只是在十五分钟前发出了警告，但这些时间足够所有人逃到安全的地方。现在聚居地已经开始清理创伤，进行恢复工作，搜集当时的各种见闻，这些传说会越变越可怕，以后好多年都会让人听得头发倒竖。

孩子给送回来的时候，简忍不住哭了起来，她以为孩子肯定被卷到海里去了。她眼睁睁看着那道顶着泡沫的黑色水墙由远方地平线呼啸而来，将斯巴达的底座整个儿压在一片喷溅的飞沫中。杰弗里的平安逃脱实在令人难以置信。

杰弗里自己说不清到底发生了什么，但也没人感到奇怪。吃了晚饭，他安安稳稳躺在床上时，简和乔治凑到他的床边。

“睡吧，亲爱的，把这些都忘了吧。”简说，“没事儿了，一切都过去了。”

“可那挺好玩的，妈妈，”杰弗里说，“我一点儿也不害怕。”

“那就好，”乔治说，“你是个勇敢的小伙子，你很聪明，及时跑开了。我听说过这种大潮，很多人就是因为去看退潮的海滩才被淹死的。”

“我就是去看海滩的，”杰弗里承认道，“我不知道帮我的那个人是谁。”

“你是什么意思？没人跟你在一起。别的孩子都去山上了。”

杰弗里弄不明白了。

“可有个人告诉我快跑。”

简和乔治面面相觑，有点儿紧张。

“你是说，你好像听到了什么声音？”

“哦，快别打扰他了。”简不耐烦地打断乔治，但乔治坚持问下去。

“我想把这事儿弄个水落石出。告诉我……到底发生了什么。”

“是这样，我正在沙滩下，那艘破船旁边，听见有人说话。”

“说的是什么？”

“我记不清了，好像就是‘杰弗里，快往山上跑，待在这儿你会淹死的’。我肯定他叫我杰弗里来着，不是杰夫。所以肯定不是我认识的人。”

“是男人的声音吗？声音是从哪儿来的？”

“离我很近。听起来像是男人的声音……”杰弗里迟疑了一会儿，乔治催他快说。

“然后呢？回想一下，比方说你现在正在海滩上，告诉我究竟发生了什么。”

“声音不像我平时听人说话的那样。我觉得这个人一定很高大。”

“那声音只说了那些话？”

“是。我就开始往山上爬。然后又发生了一件奇怪的事。你知道悬崖上的那条道吗？”

“知道。”

“我往那上面跑，因为这条道最近。这时候，我知道发生什么事儿了，大浪在后面追过来了，声音也大极了。我看见路上挡着一块大石头，以前那儿没有石头，我越不过去。”

“可能是地震把它震下来的。”乔治说。

“嘘！接着说，杰夫。”

“我不知该怎么办，这时就听见那个声音又到跟前了。然后那声音说‘闭上眼睛，杰弗里，用手遮住你的脸’，好像要做什么好玩儿的事，我就用手遮住脸。接着闪过一道很强的光，我全身都能感觉到。我睁开眼睛时，那石头不见了。”

“不见了？”

“就是，石头没了。我就接着跑，觉得脚底都快烧着了，那条小路烫极了，水冲过来的时候都嘶嘶响，但它已经追不上我了。我已经跑到山崖上去了。就这些。后来我发现自行车没了，回家那条路也断了。”

“别担心自行车，亲爱的，”简说，感激地捏了一下儿子的脸颊，“我们再送你一辆。只要你平平安安就好，我们不去管到底发生了什么。”

当然，这并不是真话。一离开儿子的房间，讨论即刻开始，虽没有讨论出什么所以然来，却导致了两种后果。第二天，简就瞒着乔治，带儿子去看了聚居地的儿童心理医生。医生认真听杰弗里重复了他的故事，杰弗里对陌生的环境一点儿也不害怕。这个毫无疑虑的患者接着去了隔壁房间玩耍，但他拒绝了一个又一个玩具。这时，大夫宽慰地对简说：“他的检测卡上看不出任何智力失常现象。你应该记住他刚有过一次可怕的经历，完好地走了出来，没留下任何损伤。他是极有想象力的孩子，也许他相信他自己的故事。那么，就接受它好了，不要担心，除非再出现别的症状。一旦发生这种情况，请立即通知我。”

这天晚上简把结果拿给丈夫看。他并没有像她期待的那样放轻松些，她觉得这是因为他一直担心的是自己心爱的剧院遭受的损失。他只嘟囔了一句“那很好”，就坐到一边读最新一期《舞台和摄影场》去了。看起来他对整件事都没了兴趣，这让简很是恼火。

三周后，堤道重新开放的那天，乔治迫不及待地骑上自行车去了斯巴达。海滩上仍然到处是一块一块的珊瑚碎片，礁石本身也有一处开裂了。乔治心想，不知需要多长时间，耐心的珊瑚虫才能修复这个裂缝。

只有一条小路可以登上悬崖的正面。歇了一口气，乔治开始攀爬，岩石缝中嵌着不少干巴巴的海草，标志着上升的海水曾到达过的位置。

乔治·格瑞森长时间站在孤孤单单的小路上，看着脚下一片熔化了的石头。他强迫自己相信那不过是早已死灭的火山的一次反常现象，但很快就放弃了这个自我欺骗的念头。他的思绪回到了多年前的那一夜，他跟简参加的那个鲁珀特·鲍依斯的可笑实验。没有人真正理解当时所发生的一切，可是乔治知道，这两起奇异事件以某种不可思议的方式相互联系着。起初是简，现在是她的儿子。他说不清自己是高兴还是害怕，只能在心底里默默地发出祈祷："谢谢你，卡列伦，谢谢你的人为杰夫所做的一切。但是，我希望知道他们为何这么做。"

他慢慢走下海滩，一群白色的大海鸥围着他打转，它们在天上盘旋许久，也没见他投来一星半点食物，这着实惹恼了它们。

17

卡列伦的请求就像一枚炸弹，虽然自聚居地建成以来，人们就知道这事终有一天会发生。每个人都清楚，这项请求象征着新雅典事务的一次巨大危机，谁也不知道最后的结果到底是好是坏。

直到现在，聚居地一直我行我素，没有受到超主任何形式的干预。他们完全把它放在一边，当然，如果人类的活动不具颠覆性，不冒犯他们的行为法规，他们大多不管不问。聚居区的目的是否具有颠覆性还不清楚。他们是非政治性的，但他们在争取知识和艺术上的独立。谁知道这种独立会带来什么？超主可能对新雅典的未来比它的创立者们看得更清楚，他们可能不喜欢这样的未来。

当然，如果卡列伦想派一个观察员、检查员或者其他什么人来聚居地，大家也只能接受，没有任何办法。二十年前超主宣布他们废止了所有监视装置，人类用不着担心自己被人窥探了。但是，事实上这种仪器仍然存在，就是说如果超主想看，任何东西也瞒不过他们的眼睛。

岛上有些人欢迎他们来，认为这种访问是一个机会，可以弄清超主心理上的一个小谜题，那就是他们对待艺术的态度。他们认为艺术是人类不成熟的失常表现吗？他们自己有任何形式的艺术吗？如果真有，这次访问的目的是否纯粹是美学意义上的？或者，卡列伦的动机并非如此简单？

围绕这些问题产生了无休止的争论，准备工作当然也在进行。人们对来访的超主一无所知，但人们设想他对文化有很强的理解力。至少可以做个试验，一帮学识丰富的精明人要看看他的各种反应。

目前的理事会主席是哲学家查尔斯·延·森，这是一个喜欢挖苦，但基本上讨人喜欢的人，年龄不到60岁，算得上风华正茂，柏拉图会把他看作一位哲人政治家的典范。森其实并不完全赞同柏拉图，认为柏拉图严重歪曲了苏格拉底的思想。他是坚持充分利用这次访问机会的岛民之一，一心要让超主看到人类仍然具有充分的主动性，就像他断言的那样：人类还没有被“完全驯化”。

新雅典的任何事情都有一个委员会来经办，这是民主手段的基本标志。确实，有人把聚居地定义为一套委员会的连锁系统，但这系统的运作基于社会心理学家耐心细致的研究，他们才是新雅典的真正奠基人。聚居地社会不太大，其中的每个人都可以参与它的管理事务，成为真实意义上的公民。

作为艺术圈的领导人，乔治不可避免地成了接待委员会的成员之一。不过，这次他准备暗中操作，反其道而行之。超主打算研究聚居地，乔治也同样要研究一下他们。简对这种做法不太高兴。自打在鲍依斯家那一晚以后，她就暗暗对超主怀有敌意，虽然自己也说不出到底是为什么。她只希望尽可能少跟他们打交道，而小岛吸引她的主要原因就是它所期望的独立。现在，她担心这种独立已受到了威胁。

超主乘坐一架普通的人造飞行器到来，并没举办什么隆重的仪式，让那些打算看热闹的人大失所望。这位超主可能是卡列伦本人，谁也分不清超主哪个是哪个，他们全都像同一个模子做出来的拷贝。也许是由于某种不为人知的生物过程，他们才全都长成了这样的。

第一天过去后，岛民们也就不太注意那辆低声经过身边、到处游览的公务车了。对访问者的正确称呼是“赞扎尔特莱斯科”，这太难念了，为了方便，大家很快就改称他为“调查员”。这名字取得实在恰当，因为他对统计数据很有兴趣，什么都想调查一番。

午夜后，查尔斯·延·森把调查员送回他的临时基地飞行器上时，已经感到精疲力竭。调查员无疑要在飞行器里通宵工作，而此时接待他的人类则沉溺于睡眠这种天生的缺陷之中。

森回到家，太太正焦急地等待着他。夫妻二人感情甚笃，尽管他们有客人时，他戏谑地引用苏格拉底悍妻的名字，称呼她赞西佩；她也一直威胁说要一报还一报，酿一杯毒芹酒给他喝，幸好这种饮料在新雅典不像老雅典那么流行。

“结果还好吧？”她给丈夫端来饭菜，问道。

“我觉得还行，不过谁也说不准他们绝顶聪明的大脑在想什么。他很感兴趣，甚至赞美了几句。我顺便为没邀请他到咱们家来而道歉。他说他很理解，他也不想让自己的脑袋撞上天花板。”

“你今天给他看了什么？”

“聚居地的生计问题。一般来说我对这些事情挺厌烦的，可他却没有。你能想到的有关生产的问题，他一个个都问遍了，我们如何保持收支平衡、我们的矿产资源、我们的出生率、如何得到食物等等。幸好我让秘书哈里森跟着我，他准备了自打聚居地开创以来的所有年终报告。你真该听听他们交换统计数据。调查员借去了不少，我敢打赌明天见他的时候，他能把什么都背给我们听。这种智力表演真让人受不了。”

他打了个哈欠，心不在焉地吃了起来。

“明天应该更有意思一点儿。我们去中高等院校看看。到时候我们得问问他们那儿是什么情况，礼尚往来嘛。我想了解超主怎么培养孩子，当然，或许他们也有孩子吧。”

恰恰是查尔斯·森的这个问题没有得到回答，在其他问题上调查员都很健谈。他会以一种令人玩味的礼节回避一些让他觉得棘手的质询，而后，又会出人意料地变得坦诚以对，信誓旦旦。

真正的私密接触是在他们离开聚居地引以为傲的学校，开车上路的时候。“为未来而训导这些年轻人的思想，”森博士说，“是一项重大责任。幸运的是，人类的适应性很强。只有极度低劣的教育会带来持久的损害。哪怕我的目标错了，这些孩子们也能够克服。你都看见了，他们十分快乐。”他停顿了一下，逗弄般地抬头瞥了一眼这位高大的乘客。调查员紧裹在一件反射出银光的外套中，这样一来，他的每寸皮肤都不必暴露在强烈的阳光下，森教授知道在深色的太阳镜后面，一双大眼睛在看着自己，毫无感情，或者有感情，但他永远不能理解。“我们培养这些孩子遇到的问题，我想，跟你们面对人类时遇到的问题很相似。你同意吗？”

“在有些方面是，”超主严肃地说，“在其他方面，也许更类似的例子可以在你们的殖民地国家的历史中找到。罗马和大英帝国也因此让我们很感兴趣。印度的情况就特别具有指导意义。我们与英国对印度的主要区别，在于英国人去印度并没有真正的动机，就是说，除了贸易或者为了对抗其他欧洲大国这种暂时利益，没有明确的目的。他们拥有这个帝国，却不知道拿它怎么办，也从来没有真正快活过，直到最后摆脱它。”

“那么，是不是时间一到，”森博士立刻抓住这个机会，问道，“你们也会摆脱你们的帝国呢？”

“我们会毫不迟疑。”调查员回答。

森教授没有接着问下去。这回答直截了当，毫无客套，让人有些不快，恰好这时他们也已到了大学校园，一群教职工已经等在那儿，等待用这个真实的、活生生的超主来磨砺他们的智慧。

“我们了不起的同行们已经对你解释过，”新雅典大学校长钱斯教授说，“我们的主要目的是让人们的思维保持敏捷，让他们得以发现自身的潜力。在这个岛以外的地方，”他的手势指示着世界其他地方，“我担心人类已经失去了主动性。有了和平，有了所需的一切，但就是没有见识。”

“但在这儿，当然……”超主插嘴说，语气很温和。

钱斯教授缺乏幽默感，自己也隐约感觉到了这一点，这时疑惑地扫了超主一眼。

“在这儿，”他接着说，“我们不被那种认为安逸有罪的古老观念所困扰，但我们认为被动地接受娱乐活动远远不够，岛上的每个人都有一个雄心大志，总结起来也很简单，就是做任何一件事，不管多么渺小，都要比其他人做得好。当然，不是所有人都能达到这一目标。但在这个现代世界，重要的是要有一个信念，是否实现并不那么重要。”

调查员看来不想发表什么意见。他已脱去了那件防护外套，但仍然戴着深色眼镜，虽说屋里的光线已经暗了不少。校长怀疑戴眼镜是否出于某种心理需要，或者只不过是一种伪装。人们本来就难以看懂超主的心思，戴了这副眼镜就更没有指望了。不过，他好像并不反感那些多少有点儿挑战性的言论，也不反感人们批评他们对地球实施的相关政策。

校长正要继续发难，科学部主任斯佩林教授决定进入战斗，来个三方辩论。

“你们无疑知道，先生，我们文化的一大问题是艺术和科学的分野。我非常想听听您对这个问题的看法。您是否赞成‘艺术家都不正常’，他们的作品，或者创作冲动来源于某种深层的、心理上的不满足这样的看法？”

钱斯教授有意清了清嗓子，但还是让调查员抢了话头。

“我听过这样一种说法，说所有人在某种程度上都是艺术家，每个人都能创造些什么，尽管或许仅处于初级水平。比如昨天，我在你们的学校注意到，教学写生、绘画和雕塑时，人们的重点放在自我表现上。创作冲动看来人人都有，就连那些注定要做科学家的人身上也有。所以，如果艺术家都不正常，那么每个人都是艺术家，我们由此可以得到一个有趣的推论……”

众人等着他把话说完。但超主懂得见机行事，适可而止。

调查员忍着听完整场交响音乐会，他那种气定神闲是许多观众做不到的。唯一迁就大众口味的是斯特拉文斯基的《圣歌交响乐》，其他节目全是激进的现代派作品。无论怎么评价节目的优劣，演出还是非常出色的，聚居地自夸拥有世界顶级音乐家，这倒不是信口雌黄。各个流派的作曲家为获得演出这一殊荣进行过激烈的争夺，尽管有些人怀疑这算不上什么荣耀，因为所有人都知道，超主很可能五音不全，根本听不懂音乐。

不过，音乐会结束后，人们看到赞扎尔特莱斯科特意找到出演作品的三位作曲家，称赞他们“具有伟大的独创性”。几个作曲家自然高兴，但退下台时表情里也有那么一点儿迷惑不解。

乔治·格瑞森在第三天才有机会见到调查员。剧院安排的不是一道大菜，而是各色拼盘——两出独幕剧，一个由世界著名演员演出的短剧，以及一个芭蕾舞片段。这次演出同样非常圆满，一位评论家曾预言“我们至少能发现超主会不会打哈欠”，这下落空了。事实上，超主还笑了好几次，笑的时机也正合适。

不过，说到底，谁也不能确信什么。他也可能对精彩的演出很投入，跟着表演的逻辑看下去，但这一切却完全没有触及他奇特的情感，就像人类学家加入原始人的祭祀一样。他适时发出的那几声笑，如期做出的几个反应，实际上什么也证明不了。

乔治一心想跟超主谈一次话，但到最后也没能如愿。演出结束后，他们互相介绍了几句，然后这位访问者就溜之大吉，根本没有机会把他跟那些随从分开。乔治灰心丧气地回了家。就算他有机会，他也全然不知自己该说什么，但他相信自己肯定会转到杰弗里的话题上。可现在，机会没了。

糟糕的情绪持续了两天。调查员的飞行器在一声声相互尊重的承诺中离开，只等后果渐渐显现。没人想到要问问杰弗里，可这孩子却早就想好要说什么了，他在临睡觉前来到乔治身边。

“爸爸，你认识这个来看我们的超主吗？”

“认识。”乔治冷冷地回答说。

“他到我们学校来了，我听到他跟我们老师说话。我听不懂他说什么，可我能听出他的声音。大浪打过来的时候，就是他让我快跑的。”

“你能肯定吗？”

杰弗里迟疑了一会儿。

“不太肯定，可要不是他，就是另一个超主。我觉得应该对他说声谢谢。可他走了，对吧？”

“是的，”乔治说，“恐怕他已经走了。不过，我们还有机会的。去睡觉吧，做个好孩子，别再担心这事儿了。”

杰弗里好好地回了屋，詹妮弗也安顿好了，简回到乔治身边，坐在他椅子旁的垫子上，靠着他的腿。这种感伤的习惯让乔治觉得腻烦，但又不值得发脾气，他只是尽量把腿往回收了收。

“现在你对这事有什么看法？”简问道，声音有些疲惫，“你相信那是真的吗？”

“是真的，”乔治回答，“不过我们不该瞎担心。大多数父母遇到这种事都会觉得感激不尽，当然，我很感激。解释起来也许很简单。我们知道超主一直对聚居地感兴趣，无疑在用仪器观察着这儿，虽然他们许诺不再观察人类。或许他们正带着仪器巡视此地，恰好看见巨浪打过来。看到有人身处险境提醒一下也很自然。”

“可他知道杰夫的名字，别忘了这一点。我们肯定受到了监视。我们有些特别之处，吸引了他们的注意。我在鲁珀特的晚会上就有所察觉。这不知怎的竟然改变了我们俩的命运。”

乔治同情地看着她，除了同情，别无其他。奇怪，一个人在如此短的时间里变化这么大。他曾喜欢过她，她为他生了孩子，是他生活的一部分。但是，这个记忆模糊的、叫作乔治·格瑞森的人，对简·莫瑞尔这个褪了色的梦想还抱有几分爱情？他的爱现在已被一分为二，一边是杰弗里和詹妮弗，另一边是卡罗尔。他相信简还不知道卡罗尔，他希望在其他人告诉她之前，自己跟她说，只是一直没能腾出空来做这件事。

“也不错，他们实际上一直在照看并保护着杰夫。你不觉得这让我们自豪吗？也许超主为他筹划了远大的前程。真不知道他将来会是什么样子。”

他知道自己这么说是在宽慰简。他自己没什么可担心的，只是有点儿好奇，有点儿困惑。突然间，又一个想法袭上心头，也许他早该想到这一点。他机械地朝孩子的房间望了过去。

“不知道他们是不是只监视杰夫。”他说。

调查员按时呈上他的报告，这场面真应该让那些岛民们好好见识一下。所有数据和记录都进入那台永远也填不满的计算机记忆存储器，这该是卡列伦背后隐藏的巨大能力的一部分，但绝不是全部。这台没有生命的电子大脑尚未做出结论之前，调查员就已经给出了自己的建议，要是用人类思想和语言加以描述的话，应该是这样的：

我们不需要针对聚居地采取行动。这是一项有趣的试验，但无论如何不会对未来产生影响。他们艺术上的努力与我们无关，也没有任何证据显示哪一项科学研究的方向具有危险性。

我按计划去看了看0号对象的学校档案，没引起他们的注意。相关数据已经附上，可以看出没有任何异常发展的征象。当然，我们知道，突变之前很少有什么先兆。

我还见到了目标的父亲，我的印象是他似乎很想跟我说话。幸好我回避掉了。毫无疑问他产生了一些怀疑，尽管他永远猜不到真相，也不能影响事情的发展。

我越来越为这些人感到惋惜。

乔治·格瑞森会赞成调查员的结论，杰弗里的确很正常。那不过是一个莫名其妙的意外，就像朗朗长空突然炸开一道雷电一样，让人一惊，但过后什么事儿都没有。

杰弗里就像任何一个7岁的孩子一样，精力充沛，充满好奇。只要稍作努力就能变得很聪明，但他没有成为天才的危险。有时候，简悻悻地想，杰弗里就好像依照那种男孩子的古典处方造出来的："外面一层泥，里头闹嚷嚷。"这层泥巴到底是什么，还得等上很久，直到在杰弗里那被太阳晒黑的皮肤上慢慢积攒起来，才能看得清楚。

他变来变去，一会儿充满感情，一会儿又郁郁寡欢，一言不发或兴高采烈。他对父母并不偏爱哪一个，小妹妹的降生也没有引起他半点儿嫉妒。他的医疗卡片干干净净，从来没有生过一天病。不过，这个时代，这样的气候，这种情况也很正常。

不像其他孩子，杰弗里并没有很快厌烦父亲的陪伴，也没有尽量甩开他去找自己的同龄伙伴。他继承了父亲的艺术天分，这一点显而易见。刚学会走路他就成了聚居地剧院后台的常客，实际上，剧院已经把他当成一个小福星，为到访的戏剧和电影界名流献花。他将整套技巧练得相当纯熟。

杰弗里是个很平常的孩子。乔治带着他步行或是骑车在小岛有限的范围内闲逛时，一遍遍对自己重复着这句话。他们像以前世世代代的父亲和儿子那样交谈，而唯独在这个时代，父子之间有了更多的话题。杰弗里从未离开过小岛，但他能通过电视屏幕那个无所不在的眼睛观看周围的世界。他像所有聚居地居民一样，有点儿蔑视其他地方的人类。新雅典的人是精英，是进步的先锋。他们要把人类带到超主所及的高度，甚至更高。这当然不会是明天，但总会有一天……

他们从未想过这一天会来得这么快。

18

六周后，那些梦开始了。

在亚热带的黑夜中，乔治·格瑞森慢慢上浮，游向自己的意识。他不知道自己是被什么吵醒的，就这么迷迷糊糊地躺了一会儿，才发觉自己是一个人。简已经起床，悄悄进了孩子的房间。她在轻声跟杰弗里说话，声音太轻，他几乎听不见她在说什么。

乔治从床上爬起来，也去了孩子的房间。乖宝经常需要大人晚上起来照看，这倒也平常，但通常喧闹一阵儿过后她也就接着睡了。乔治觉得这一次不一样，他不知道是什么让简如此不安。

儿童房间唯一的光亮是墙上的荧光图案发出的。借着幽暗的光影，乔治看见简在杰弗里的床边坐着，见他进屋便转过身来，轻轻地说："别吵着乖宝。"

"怎么回事？"

"我知道杰夫需要我，我就醒了。"

这种就事论事的简单回答让乔治隐隐产生了某种预感。"我知道杰夫需要我。"你怎么知道呢？他感到奇怪，但嘴里只是问了一句："他做噩梦了吗？"

"我不知道，"简说，"他现在看来没事儿了，但我进屋时他好像很害怕。"

"我没害怕，妈咪，"那弱弱的声音反驳，"可那地方真奇怪。"

"什么地方？"乔治问，"快告诉我。"

"那地方有大山，"杰弗里迷迷糊糊地说，"那么多高高的山，山上不像我见过的那样，没有雪，有些还着了火。"

"你是说那是火山吗？"

"不像。那些山整个儿都着火了，都是奇怪的蓝色火苗。我正看着，太阳升起来了。"

"接着说啊，你怎么不说了？"

杰弗里困惑地看着父亲。

"我有一件事情不明白，爸爸。太阳升得那么快，又那么大，颜色也不对，特别特别蓝。”

一阵长长的沉默，让人感到心里冷飕飕的。最后乔治平静地问：“然后呢，就这些吗？”

“就这些。后来我觉得一个人孤单单的，这时候妈咪进屋，把我叫醒了。”

乔治一只手捋着儿子乱蓬蓬的头发，另一只手揽紧披在身上的睡衣。他突然感到一阵寒意，感到自己是那样渺小。不过，这些在他对杰弗里的话里毫无流露。

“这不过是个梦罢了。你晚饭吃得太撑了。忘了这些，接着睡吧，好孩子。”

“好，爸爸。”杰弗里答应道。他顿了一下，然后若有所思地加了一句，“我想再试试去那儿。”

“蓝色的太阳？”卡列伦说。时间过去了不多几个小时。“这应该很容易辨认。”

“是的，”拉沙维拉克回答，“那肯定是阿尔法尼顿2号。硫黄山可以证实这一点。有意思的是时间比例的扭曲，那颗星球转动得很慢，因此，他是在几分钟内看到了几个小时的事情。”

“你就发现了这些？”

“只有这些，除非直接询问那孩子。”

“我们不能这么干。任何事情都有其自然的轨迹，我们不必干预。如果他的父母来找我们，那时候我们倒可以问问他。”

“他们也许不会来找我们。等他们来的时候可能就太晚了。”

“我恐怕也没别的办法。有一件事情我们永远要记住，我们对这种事情的好奇心并不比人类的幸福更重要。”

他伸出手去，中断了连接。

“继续监视，任何结果都汇报给我。不要进行任何干预。”

杰弗里醒着的时候，就跟原来一模一样。乔治想，光是这一点也值得感恩戴德了。不过，他内心的担忧却在加深。对杰弗里来说，这就像是一个游戏，并没有吓着他。不管它有多怪，梦也仅仅是梦。在梦中的世界里，他不再孤独，只有在第一天夜里那陌生的海湾隔开了他们，让他不由得朝简喊了起来。现在，他在眼前开启的宇宙里独来独往，一点儿也不感到害怕。

早上他们会问他夜里的事情，他就把能记住的都告诉他们。有时候他的话颠三倒四，结结巴巴，因为那些场面他从未经历过，甚至也超出了人类的想象力。这时，他们就用些新词来启发他，给他看一些图画和颜色，提示他重新回忆，然后按照他的回答做些总结。他们常常弄不出什么结果，尽管杰弗里脑海里的梦境十分清晰、鲜明，只不过他无法传达给自己的父母。有些事情是那样清晰——

那是在空间之中，不是在星球上，周围没有山水环绕，脚下也没有大地支撑，只有天鹅绒一般的夜空中，满天星斗衬托着巨大的红色太阳，像颗心脏一样怦怦跳动着。

它硕大、纤薄，慢慢缩小，同时又亮了起来，似乎那永恒的火焰中又注入新的燃料。它变换着光谱色，最后几乎成了黄色，接着又变了回去，这颗恒星膨胀，变冷，再次变成边缘粗糙的、燃烧着的红色云团……

“典型的脉动变星，”拉沙维拉克急切地说，“在时间急剧加速中也能看到。我无法确定哪一颗，但与描述相符的最近一颗恒星是拉姆山德隆9号，也可能是法拉尼顿12号。”

“不论是哪颗星，”卡列伦回答，“他都离家越来越远了。”

“实在太远了。”拉沙维拉克说……

这就像是在地球上。蓝天上挂着白色的太阳，飞散的云朵预示暴雨降临。一座小山倾斜入海，暴风将大海撕成片片飞沫。但是，一切都是静止不动的，就好像雷电闪过的一瞬间凝固的画面。远远的地平线上有一种地球上没有的景象——一条条雾气形成的柱子从海面升起，越变越细，最后消失在云层之中。它们远在天边，相互间隔十分精确，它们太大了，不可能是人造的，但又那么规矩，也不像是天然的。

“那是赛德尼斯4号和黎明柱，”拉沙维拉克说，声音里充满敬畏，“他到达宇宙中心了。”

“不过，他才刚刚开始他的旅行。”卡列伦回答。

这颗行星完全是平的。巨大的引力很久以来将大山压到统一的高度，那些火气十足的年轻山脉，其高峰也高不出几米。不过，这里仍有生命存在，地表上无数几何形的图案在爬动，随时改变着颜色。这是一个二维世界，上面的生物也最多不超过一公分厚。

天空中的太阳远远超乎想象，连瘾君子最狂乱的梦也梦不到它。它热得不止是发白，它是徘徊在紫外光边际的白热化幽灵，炙烤着它的行星，上面若有任何活物，会在瞬间殒命。紫外光炸裂开去，穿过那延展上百万公里远的气体和尘埃幕，放射出千万种颜色。地球的太阳与这颗恒星相比，苍白得就像一只正午时分的萤火虫。

“赫克桑纳拉克斯2号，在已知宇宙里不会有别的地方了，”拉沙维拉克说，“我们只有少数几艘船到过那里——它们从没有降落过，没敢冒这个险。谁能想到这种行星上竟然也有生命？”

“看来，”卡列伦说，“你的科学家们不像你认为的那样周到、细致。如果那些——图案，它们有智能，跟它们交流起来倒会很有趣。真不知道它们懂得不懂得三维概念。”

这个世界全然不知什么是白天，什么是黑夜，什么是年月和季节。六颗颜色各异的太阳分享整个天空，因此，这里只有光色的变化，永远没有黑暗。相互抗衡的引力场冲来撞去，使它的轨道十分复杂，运行出奇形怪状的弧弧圈圈来，永远不走重复路线。在永恒的这一端，执掌天空的六个太阳所形成的布局结构瞬息万变，永远不会重复。

这里竟然也有生命。虽然行星可能在某一时段被中心的火球烧焦，而在另一段时间远离火球而冰冻起来，但智能生物却依然定居在此。巨大而多侧面的水晶体组成复杂的几何形图案，在寒冷的地带一动不动，整个世界开始再次变暖时，它们就慢慢沿着矿脉增长。纵使它们完成一个思想需要千年时间也无妨，宇宙还很年轻，时间在它们面前伸展而去，无休无止……

“我找遍了我们的所有记录，”拉沙维拉克说，“我们对这个世界一无所知，对这种多个太阳的组合也不了解。如果它在我们的宇宙里，就算我们的飞船飞不到它那儿，天文学家也应该发现了它。”

“那么说，他已经离开银河系了？”

“是的。现在用不着等太长时间了。”

“谁知道呢。他只是在做梦而已。他醒来的时候，还是跟原来一样。这不过是第一步。等到开始变化时，我们就会知道要等多久了。”

“我们以前见过面，格瑞森先生，”超主声音低沉地说，“我叫拉沙维拉克。你肯定是记得的。”

“我记得，”乔治说，“我们在鲁珀特·鲍依斯的晚会上见过。这我是不会忘的。我想我们应该再见一次面。”

“说说你为什么要求这次面谈？”

“我认为你已经知道了。”

“也许吧。但用你自己的话告诉我更好，对我们俩都有帮助。你可能觉得很奇怪，但我自己也想弄明白，因为从某些方面看，我跟你也一样毫不知情。”

乔治吃惊地看着超主。他从来没有想到过这一点。他下意识里一直认为超主无所不知，无所不能。他以为他们清楚杰弗里身上发生的事情，甚至那些事可能就是他们干的。

“我想，”乔治接着说，“你们读过我给岛上心理医生的报告，知道那些梦的事。”

“是的，我们知道梦的事。”

“我不能简单相信那些梦出于一个孩子的想象。太难以置信，我知道这么说很荒唐，但我认为这些梦一定有什么现实基础。”

乔治急切地望着拉沙维拉克，不知会得到肯定还是否定的答复。超主什么也没说，只是用大而平静的眼睛看着他。他们几乎脸对脸坐着——这间屋子是专门设计用来会面的，它有两个层面，超主巨大的椅子比乔治的足足低了一米。这是一种友好姿态，请求会面的人一般都是心事重重，这样会让他们感到放松一些。

“开始的时候我们很着急，但并没有太过惊慌失措。杰夫醒来后一切正常，他的梦也没有妨碍什么。后来有一天……”他迟疑了一下，提防地看了看超主，“我们从不相信超然现象，我虽不是科学家，但我认为一切事情都有合理的解释。”

“不错，”拉沙维拉克说，“我知道你们看见了什么。我也在看。”

“我一直怀疑你们在监视。但卡列伦许诺说你们不再会用仪器监视我们了。你们为什么要破坏承诺？”

“我没有破坏承诺。监理人说人类不会继续受到监视。我们一直信守这个诺言。我监视的是你们的孩子，不是你们。”

乔治过了几秒钟才明白拉沙维拉克这话的含义。他的脸上慢慢失去了血色。

“你的意思是……”他紧抽了一口气，话也说不清了，只得再次开口，“那么，上帝啊，你们觉得我们的孩子不是人，又是什么呢？”

“这个，”拉沙维拉克一板一眼地说，“正是我们想要弄清楚的问题。”

近来被称作乖宝的詹妮弗·安妮·格瑞森仰面躺着，两眼紧闭。她已经很久都没有睁开眼睛，可能再也不会睁开眼睛了，因为视觉对她来说已属多余，就像黑暗的海底那些具有多种感官的动物一样。她能感觉到周围的世界，事实上，感觉到的东西远远不止这些。

成长过程中某个无法解释的小把戏，让短暂幼年时代的一个映像留了下来。那曾经让她兴奋的小拨浪鼓嗒嗒敲击着，现在仍响个不停，在她的小床边敲出复杂多变的节奏。就是这种奇怪的切分节奏把简从梦里吸引过来，让她朝儿童房飞奔而去。但不仅仅是因为听到了声音，她才大声喊了乔治。

还有她所看到的东西，那只普普通通、颜色鲜艳的拨浪鼓在半米外独自悬空，没有任何支撑，一下下敲击着，詹妮弗·安妮躺在那儿，紧攥着圆嘟嘟的手指，脸上带着平静而满足的笑容。

她是后来才开始的，但她进步很快。不久就会超过哥哥，因为她需要忘却的东西要少得多。

“你们很明智，”拉沙维拉克说，“没有去碰她的玩具。我想你们不可能移动得了它。但你们要是真移动了，她肯定会生气的。”

“你的意思是，”乔治愁眉苦脸地说，“你们什么忙也帮不上？”

“我不想骗你。我们要研究，要观察，现在我们就是这样做的。但是我们不能干涉，因为我们不理解。”

“那我们怎么办？还有，为什么这事儿发生在我们身上？”

“它总得发生在什么人身上。你们也不例外，就像原子弹爆炸总是从第一个中子开始引发连锁反应。那个中子不过是偶然成为第一个的，任何其他中子也有可能，就像杰弗里，跟世界上的任何人一样。我们称它为全面突破。现在已经不需要保密了，我很高兴。从来到地球的那一天起，我们就一直等待这件事发生。完全说不上从何时何地开始，直到我们在鲁珀特·鲍依斯家不期而遇。那时我就十分清楚，你妻子的孩子将成为第一个。”

“可是——我们那时候还没结婚。我们甚至连……”

“是的，我知道。但莫瑞尔小姐的头脑成了一条通道，虽然仅仅是一小会儿，当时任何人都尚未拥有的知识经过了这条通道。这知识只能来自另一个与她密切相关的头脑，至于说那个头脑当时尚未诞生，这倒没有什么因果关系，因为时间远不是你所了解的那样。”

“我开始明白了。杰夫知道这些事——他能看到其他世界，可以说出你们从哪里来。简用某种方法得到了他的想法，虽然当时他尚未出世。”

“远远不止这些，不过我认为你离真相已经很近了。有史以来一直有那么一种人，他们具有无法解释的能力，可以穿越空间和时间。他们自己也不明白，所做的解释全是垃圾。我很清楚，那种东西我都读够了！

“但有种类似的东西很有启发意义，非常有用，它在你们的文学里一再出现。想象一下，如果每个人的头脑是一座大海环绕的小岛，每座岛看起来都是孤立的，而实际上它们的基底紧密相连。如果海洋消失，岛屿也会消失，它们全都成为一整块大陆的一部分，不过，它们的个性也从此消亡。

“你们所称的心灵感应，跟这就有点儿相似。在适当的环境里，思想可以合并，分享各自的内容，再次分离时带走了这次经历的记忆。在最高级的形式里，这种能力不受时空的一般限制。这就说明为什么简能获取未降生的儿子的知识。”

这种惊人的说法让乔治陷入苦思，好一阵儿没有说话。整个图景慢慢变得清晰起来。这图景令人难以置信，但它有自己的内在逻辑，如果语言能够描述如此复杂难解的事情的话，也就能解释自从鲁珀特家那一夜以后发生的所有事情了。他现在发现，这也能解释简对超自然事物的好奇心。

“是什么原因促使这种事情发生呢？”乔治问道，“它会怎么发展下去？”

“这种问题我们无法回答。但是，宇宙中有很多族类，有些族类在你们甚至我们出现之前就早已发现了这种能力。他们一直等着你们加入进去，现在时间已到。”

“那么，你们在这当中扮演的是什么角色呢？”

“或许你跟大多数人一样，一直把我们当成你们的主人。实际上不是这样的。我们只不过是守护者，以上面授予的职责行事。这个职责说起来很难描述，你或许最好把我们当成处理难产的接生婆。我们帮忙把新的、美好的事物带到世界上来。”

拉沙维拉克犹豫了一下，一时语塞。

“不错，我们就是接生婆，但我们自己无育无后。”

一瞬间，乔治感到一种悲悯之情，远超过他自己的那点儿不幸。这实在难以置信，可这又是真的。虽然超主的能力和智慧强大无比，却已陷入某种进化的死胡同。这是一种伟大而高贵的种族，几乎每一方面都强过人类，但他们没有未来，自己也十分清楚这一点。与此面对，乔治的问题顷刻间显得微不足道了。

“现在我明白了，”他说，“你们为什么要监视杰弗里。他就是这个实验里的小白鼠。”

“的确。但这个实验不是我们所能掌控的。并不是我们让它开始的，我们只不过在观察，不到万不得已我们不会干涉。”

是啊，乔治想到浪潮的那件事，他们绝不会让这么珍贵的样本给毁了。接着，他为自己感到羞愧：这种痛苦多么渺小。

“只剩最后一个问题了，”他说，“我们该怎么对待孩子们？”

“尽量多跟他们在一起吧，”拉沙维拉克语气温和地回答，“不久以后他们就不再属于你们了。”

世世代代，很多年龄不同的父母都听到过这句忠告，但现在它带着一种前所未有的威胁和恐怖。

19

接着，杰弗里的梦中世界与现实生活的界限就不那么清晰了。他不再去上学，简和乔治的日常作息也全被打乱，好像天快要塌下来一样。

他们躲着所有的朋友，似乎已经意识到很快就没有人会同情他们了。在某个行人稀少的宁静之夜，他们会一起到外面散步，走得远一点儿。他们二人比结婚后任何时候都更亲密，即将淹没他们的莫名灾难让他们再次紧紧结合在一起。

一开始，把熟睡的孩子留在家里外出还让他们感到内疚，但现在他们发现杰弗里和詹妮弗会用他们无法了解的方式照料自己。再说，超主也会照看孩子们的。这种想法让他们感到宽慰——他们并非独自面对问题，超主那双智慧、同情的眼睛也在彻夜值守。

詹妮弗睡着了——没有其他词语来描述她所进入的状态。从外表上看她还是个婴儿，可现在，那种潜在的能力围绕着她的感觉实在可怕，简连儿童房都不敢进了。

实在也没必要进去。曾一度是詹妮弗·安妮·格瑞森的这个实体尚未发展完毕，但即使它在沉睡的蝶蛹阶段，也已经能够为己所需操控环境了。只有一次简想喂喂它，但没能弄成。它有自己的时间和方式吸取滋养。

冰箱里的食物慢慢地、以稳定的速度消失着，可詹妮弗·安妮从没爬出过它的小床。

拨浪鼓的声音消失了，玩具被丢在了儿童房地板上，谁也不敢碰一下，怕詹妮弗·安妮还需要它。有时候她让家具移动，摆成奇特的图形，乔治也觉得墙上的荧光图案变得比以前更亮了。

她不捣乱，也不需要他们的帮助，不需要他们的爱。这不会持续太久的，在所剩的时间里他们死死守住杰弗里。

他也在改变着，但他还认得他们。他们一直看着从婴儿状态那飘忽不定的迷雾中长大的孩子，正在丧失他的个性，在他们眼前一小时一小时地消融着。有时候他仍然跟他们说话，就像以前一样，谈他的玩具和他的朋友，好像并没意识到将要发生什么一样。但大多数时间他并不看他们，或者好像并不知道他们就在身边。他再也不睡觉了，可他们还是熬不住，不得不睡上一会儿，尽量少浪费所剩不多的时间。

跟詹妮弗不同，杰弗里好像不具有控制物体的超常能力。也许因为他已经长大一些，不需要这种能力。他的奇异之处在于他的精神生活，现在，梦只占了其中一少部分。他一连几个小时一动不动，双眼紧闭，好像在聆听什么别人无法听到的声音。他的头脑中涌进大量知识，不知来自何处，来自何时，这些知识很快就会压垮并摧毁这个半成型的、一度是杰弗里·安格斯·格瑞森的造物。

费伊坐在那里，用悲伤、迷惑的眼睛看着他，不知道自己的主人去了何处，什么时候才能回到它的身边。

杰弗里和詹妮弗是全世界里最早开始的，但不久他们就不是独一无二的了。就像一种传染病从一块大陆快速蔓延到另一块大陆一样，这种变形影响到了全人类。十岁以上的孩童无一触及，而十岁以下的则无一逃脱。文明就此终结，有史以来人类所奋争的一切终告结束。几天之内，人类丧失了未来，人们心如死灰，求生的愿望也已破灭，因为他们的孩子已被掠走。

若是在一百年前，恐慌在所难免，但现在，没有任何恐慌发生。整个世界变得麻木，大城市里一片沉寂。只有与生活息息相关的产业继续运作。就好像整个星球在服丧，在痛悼不再可能的一切。

然后，就像已被遗忘的年代中他做过的那次讲演，卡列伦最后一次对人类发话了。

20

“我在这里的工作就要结束了，”卡列伦的声音从上百万台收音机里传扬出来，“终于，在经历了一百年以后，我可以告诉你们它到底是什么了。

“有许多事情我们必须瞒着你们，来地球后的前一半时间我们就是隐藏着的。我知道，你们中的有些人认为没必要遮遮掩掩。你们习惯了我们的外表，你们无法想象你们的祖先见到我们时的反应，但至少会明白我们隐藏起来的初衷，理解我们有理由这么做。

“我们隐瞒的最大秘密是为什么我们到地球上来，这也是你们不停猜测的问题。我们直到现在才说出来，是因为这个秘密不属于我们，我们也无权揭示它。

“一个世纪前我们来到地球，把你们从自我毁灭的灾难中解救出来。我相信任何人也不会否认这个事实，但你们永远猜不出那是一种什么样的自我毁灭。

“由于我们禁绝了核武器以及军械库越积越多的其他致命玩具，物质上灭绝的危险消除了。你们认为那是唯一的危险，我们也希望你们这么想，但事实上你们面临的最大危险完全是另一种性质的，它也不单单危及你们人类。

“很多星球也经历过核武器危机的十字路口，后来避免了灾难，走向了和平和幸福的文明时代，然后，却被一种他们全然不了解的力量彻底毁灭。在20世纪，你们开始专心玩弄这种力量了，因此有必要采取行动。

“人类在这一整个世纪里慢慢接近这个深渊，甚至从没有意识到它的存在。只有一座桥梁可以穿越它，但很少有哪个星球的族类能在没有帮助的情况下发现这座桥梁。有些族类折返回去，因此还有时间避开危险，但也同时放弃了发展。他们的世界成了富足、安逸的极乐仙岛，不再成为宇宙传奇的一部分。你们人类没有这种命运，或者说没这份福气，你们生命力太过强大，过不了那种日子。你们会纵身投入毁灭之中，将其他族类也一同带进深渊，因为你们永远也无法找到那座桥。

“我恐怕应该给你们打个比方才能把话说明白。许多我想告诉你们的东西，你们都没有语言或者概念与之对应，可悲的是，我们对这些东西的知识也残缺不全。

“为了便于理解，你们应该回到过去，找回那些你们的祖先十分熟悉，而你们已经忘却——实际上，是我们有意帮助你们忘记的东西。我们居留在此就是基于一个巨大的骗局，你们还毫无准备，不知如何面对这个隐藏的真相。

“在我们到来的几个世纪前，你们的科学家揭开了物质世界的一些秘密，物理学的世界，带领你们从使用蒸汽能量过渡到使用原子能。你们放弃了迷信，科学成了人类信仰的唯一宗教。这是占少数的西方人带给余下所有人的礼物，它摧毁了其他所有信仰。我们到来之际，残余下来的宗教信仰也已濒临死亡。科学，人们感到它是解释一切的万应良药，没有不被它划入领地的力量，也没有它解释不了的现象。宇宙的起源或许永远存疑，但后来发生的一切都逃不脱物理学的定律。

“但是，你们的神秘学家们虽被自身的错觉所迷惑，却也窥见了部分真理。思想具有力量，而有的力量则超越了思想本身。你们的科学从不把它完整列入自己的框架内，除非先把它全盘碾碎。不计其数的奇怪现象世代流传，镇妖驱魔、心灵感应、先知先觉等等，你们统统假以名目，却一直无法解释。一开始，科学对它们不予理睬，甚至否认它们的存在，罔顾五千年以来的各种证据。但它们的确存在，任何一个完善宇宙的理论，都必须解释它们。

“20世纪的前半叶，你们有几位科学家开始研究这类事件。他们不知道自己在捣弄潘多拉之匣的锁匙，可能会被他们放出来的能量将超过原子弹所带来的危险。物理学家只能毁灭地球，而精神物理学家则有可能将混乱散布到其他星体。

“不能让这样的事情发生。我无法解释你们体现出来的威胁的全部特征，它对我们来说不是威胁，因此我们对它并不了解。就让我们这么说吧，你们可能变成心灵感应术的肿瘤、一种恶性的心理，它必将溃烂，并毒化其他更高级别的智慧。

“我们因此被派到地球来。我们阻断了你们各种文化层面的发展，着重检查了所有关乎超自然现象的严肃性尝试。我十分清楚，从我们两者文明相对照的角度看，我们这么做也抑制了所有其他形式的创造性成就。但这属于次生效应，并不重要。

“现在我要告诉你们一些事情，你们可能会非常吃惊，也许根本不会相信。所有这些潜能，所有潜在的力量，我们并不具有，也不理解它们。我们的心智大大强过你们，但你们的头脑里总有一些东西在躲避着我们。自从来到地球我们就开始研究你们，我们学到了许多东西，还会学到更多，不过，我怀疑我们是否能够发现所有真相。

“我们两个种族之间有很多相同之处，正因为如此，我们才会被选中来完成这项任务。但是在其他方面，我们各自代表着两种不同的进化结果。我们的头脑到达了它们发展的终点。你们头脑目前所处的状态也一样。但你们可以跳跃到下一个阶段，这就是我们之间的不同之处。我们的潜能已经消耗完了，而你们的还未被利用。这些潜能与我上面提到的力量联系着，究竟通过什么方式，我们并不理解，它正在你们的世界里觉醒。

“我们让时光倒转，让你们原地踏步，以便让这种能力发展，直到流入为它们准备好的渠道。我们改善你们的星球，提高你们的生活水准，带来公正与和平——既然不得不干预你们的事务，这些事情就是我们无论如何都要做的。但所有这些巨大的改变转移了你们对真相的注意力，因而对我们的意图大有助益。

“我们是你们的守护者，仅此而已。你们肯定想知道我们的种族在宇宙体系中的地位，我们高于你们，但在我们的上面也有某种东西，利用我们完成自己的意图。我们从未发现那是什么，尽管多年来我们一直被当作它的工具，从来不敢违抗它。我们一再得到指令，被派到某个文明之花刚刚开放的世界，引领着它走入一条我们无法跟随的道路——也就是你们正在走的这条路。

“我们一次次研究我们被派来培养的这一发展进程，希望从中学到一些知识，逃脱我们自己的局限。但我们仅仅窥见真相的模糊轮廓，你们把我们称作超主，但你们不知道这个头衔有多讽刺。这么说吧，我们之上还有超智，它使用我们就像陶工使用他的转盘，而你们的种族就是转盘上正在塑形的泥巴。

“虽然这仅仅是假设，但我们相信，超智在成长壮大，正在扩展它对宇宙的力量和感知。现在，它可能是各种族的集合体，很久以前它就摆脱了物质的束缚，成了一种智能的意识，无所不在。当它知道你们快要准备好的时候，便把我们派到这儿来行使它的指令，协助你们进行眼前这次转变。

“你们人类所有早期的变化经历了无数时代。但这一次是思想而不是肉体上的变形。按照进化的标准，它应该是一种巨大而迅猛的变化。它已经开始了，你们必须面对这一事实：你们是最后的地球人。

“至于这种变化的性质，我们只能告诉你们一点点。我们不知道它从何而来，也不知道当超智判断出时机成熟时，使用了什么样的触发脉冲。我们只发现了其中一点，那就是它总是从一个单独个体——某个孩子身上开始，然后爆发性地蔓延开，就像围绕饱和溶液中的第一个核子而形成的结晶体一样。成年人不会受到传染，因为他们的头脑已经形成了固定模式，无法改变。

“几年后一切都会过去，人类将会一分为二。没有回头路可走，你们所知的世界也没有未来，你们所有的希望与梦想现在就要结束。你们给予继承者以生命，可悲的是你们永远理解不了他们，甚至永远无法跟他们的思想沟通。实际上，他们不再拥有你们所知的那种思想，他们将成为单独的实体，就像你们是无数细胞的综合体一样。你们将不再认为他们是人类，那你们就对了。

“我应该告诉你们这些，让你们知道如何面对。几小时后，决定性时刻就要降临。我的任务和责任是保护那些我受命保护的人。尽管他们的能力正在觉醒，但他们仍可能被周围的人群摧毁掉，是的，甚至他们的父母发现真相时也可能毁掉他们。我要把他们带走，出于保护而把他们隔离起来，这也是在保护你们。明天我的飞船开始疏散行动。如果你们想要干涉，我也不会怪罪你们，只是那样的行为毫无意义。比我还要强大的能力正在醒来，我不过是它的一件工具而已。

“然后，我要如何对待你们这些活下来的、已经扮演完各自角色的人呢？最简单也最仁慈的方案就是，毁掉你们，就像你们自己会毁掉受了致命伤的宠物一样。但我不能这么做。你们将在剩下的若干年中选择自己的未来。我希望人类清楚自己的一生没有虚度，安然长眠。

“你们带到世界上来的人会成为完全的异类，它不会继承你们的任何欲念或愿望，只会把你们最伟大的成就当作幼稚的玩具，虽然那些东西很是奇妙，是你们创造了它们。

“我们的种族被遗忘以后，你们的一部分还会存在。因此，不要谴责我们不得不做的这些事。记住，我们永远羡慕你们。”

21

简在此之前曾以泪洗面，但现在已经不再哭泣了。小岛在残酷无情的阳光下泛出金黄色的光芒，飞船渐渐飞进视野，出现在斯巴达的双峰之上。她的儿子不久前在这个岩石遍布的小岛上奇迹般地逃过一劫，她现在已经完全明白那奇迹是怎么回事了。有时候，她想，要是当时超主只是站在一旁，让他听任命运摆布是不是更好呢？她能够面对死亡，也曾面对过死亡，那是一种自然规律。可是现在的情况比死亡更陌生，更无法改变。在这一天以前，总是有人死去，但人类还是能延续下来的。

孩子们一声不吭，一动不动。他们三五成群散乱地站在沙滩上，相互之间毫无兴趣，也不留恋他们将永久告别的家。不少人怀里抱着孩子，他们太小，自己还不能走，也许他们不愿显示自己具有那种将走路变得全无必要的力量。可不是嘛，乔治想，如果他们能够移动死沉沉的物件，就能移动自己的身体。为什么超主的飞船要把他们统统收走呢？

这些都无关紧要了。他们要走了，是他们自己选择了走上这条路。乔治记起了那个让他感到讽刺的画面，很久以前，自己在什么地方看过一部老掉牙的纪录片，就是关于这类出逃的。那是在“一战”开始的时候，或许是“二战”吧。一列列满载儿童的火车缓缓驶离面临战火威胁的城市，留下了他们的父母，其中很多孩子再也无法与父母相见。没什么人哭，有的孩子困惑不解，紧张地抓着自己小小的行囊，但大部分孩子都带着急切的表情，期盼着一次了不起的历险。

不过，这种比较并不恰当。历史永远不会重复。这些离开的已经不再是孩子，没有人知道他们变成了什么。这一次，也不会再有重聚的一刻。

飞船沿着水边降落，深深陷入沙滩之中。巨大的弧形面板向上抬起，舷梯像一根根金属舌头，同时向沙滩伸展下来，步调协调完美。原本分散着的、一个个难以描述的孤单人形现在开始聚拢，集合成群，就像通常人们聚成一群那样。

孤单？他怎么会有这种念头？乔治想。他们不可能感到孤单了。只有单个的人才会孤单，而且只有人才会。当屏障终于落下，人的个性殒灭时，孤独也会消失，就像无数雨滴汇入海洋。

他感到简握紧了自己的手，情绪突然激动起来。

“看哪，”她小声说，“我能看见杰夫，他在第二扇门那儿。”

他离得很远，实在无法确定，再加上眼中含泪，更加看不清楚。但那一定是杰弗里，乔治现在可以认出自己的儿子了，他的一只脚已经迈上了金属舷梯。

杰弗里回头向后望着。他的脸只是模糊的一团白色，从这个距离看不出脸上有任何表情，也看不出对留下的这一切的任何记忆。乔治甚至不知道杰弗里是不是偶然回了一下头，不知道在他还是他们儿子的最后时刻，他是否知道他们站在这儿看着他离开，进入那片他们永远无法进入的天地。

大门开始关上。这时，费伊扬起头来，低沉地哀号了一声。它用一双清澈而美丽的眼睛看着乔治，乔治知道，现在它失去了主人，没人再跟他抢费伊了。

对那些剩下的人来说，道路很多，但目的地只有一个。有人说：“世界仍然美丽，我们总有一天要离开它，何必急于启程？”

但那些把未来看得比过去更重的人则失去了生命的全部意

义，不打算留下。他们听从本性，独自或者与朋友一道离开了。

新雅典也是如此。小岛在烈火中诞生，又在烈火中选择了死亡。那些希望离开的人离开了，但大多数人留了下来，在他们梦想的碎片中迎接终结的到来。

谁也说不清到了什么时候。夜里静悄悄的，简醒了过来，躺在那儿望着天花板投下的幽灵般的光影。过了一会儿，她过去抓住乔治的手。他总是睡得很沉，但这次一下子就醒了。他们没有说话，已经没什么想说的了。

简不再害怕，甚至也不难过了。她已经超脱了情感，心如止水。但仍有一件事情要做，她知道再不做就没有时间了。

两人还是一言不发，乔治跟着她穿过静静的屋子。他们踩着工作室屋顶射进来的斑斑月光，就像那些影子一样静悄悄地移动着，最后走进空空的儿童房。

这里的一切毫无变化。乔治仔仔细细画在墙上的荧光图案仍在发出淡淡幽光。那个曾属于詹妮弗·安妮的拨浪鼓还扔在那儿，而她的心智已经远遁他乡，遥不可及。

她留下了她的玩具，乔治想，但我们自己的要随我们一起走。他记起法老王那些尊贵的孩子，五千年前他们带着玩偶和珠子一道入土安葬，现在也要这样。他对自己说，不会有人喜欢我们这些珠宝，我们要随身带走它们，与它们再不分开。

简慢慢转向他，把头靠在他的肩膀上。他搂住她的腰，曾有过的爱意再度涌上心头，很微弱，却又十分清晰，就像远处的大山传来的回声。那些该对她说的话，现在说已经太晚，他为自己的谎言而愧疚，更对往日的漠然而悔恨。

这时，简轻轻地说了句“再见，我亲爱的”，用胳膊搂紧了他。乔治来不及回答，但在这最后的一刻，他还是感到了一丝惊奇，惊奇她是如何知道这一刻已经到来。

在岩石内部的最深处，一片片铀板开始聚拢，寻找它们从未完成过的组合。

小岛也站起身来迎接黎明。

22

超主的飞船滑翔穿过船底座的中心，留下一条亮闪闪的流星尾迹。它在飞经地外行星时便急剧减速，但在火星附近时仍接近光速的一半以上。太阳周围的巨大引力场慢慢吸收它的动能，星际航行的巨大能量偏离出去，在飞船后面燃起百万公里长的天火。

扬·罗德里克斯回家了，他的年龄增长了六个月，而地球已经过了八十年。

这一次，他已经不再是躲在秘密小舱里的偷渡者了。他站在三名驾驶员身后（他很奇怪为什么需要这么多驾驶员呢），看着控制室上方巨大的屏幕上的图案来来去去。它们的形状和颜色对他来说毫无意义，他估计这些图案是在传递信息，要是在人类设计的舰船上，大概会用仪表盘或指针之类表达吧。不过有时候屏幕上会显示周围的星场，他希望地球快点儿出现。

他花费巨大努力才逃离地球，但现在却很高兴能回家。他在这几个月里成长起来，见识了那么多，旅行了那么远，让他对自己熟悉的世界感到厌倦。他现在明白为什么超主把人类隔绝起来，不让他们进入太空。人类还要经历漫长的路，才能参与到他亲眼见过的那种文明之中。

尽管内心不愿接受，他也必须承认人类不过是种低等动物，被超主这些看守圈养在一个偏远的动物园里。大概启程离开时，温达腾对他说的那句意味深长的告诫就是这个意思。“这段时间地球可能发生了很多事情，”这位超主说，“再次见到时，你或许会认不出它的。”

或许吧，谁知道呢。扬想，八十年的时间很长，尽管他还年轻，适应力强，有可能也理解不了所有的变化。但有一件事是肯定的：人们一定想听听他的故事，了解他所看到的超主文明到底什么样。

如他所料，超主们对他不错。去的路上他什么都不知道，那剂针药让他睡了一路，醒来时飞船已经进入了超主的星系。他爬出自己奇特的隐蔽所，欣慰地发现并不需要氧气设备。空气十分浓重，但呼吸起来并不费力。他发现自己是在飞船巨大的货仓里，这里遍布着红色的灯光，四周堆放着无数的包装箱和各类辎重，跟飞机、货轮的船舱一样。他费了将近一个钟头才找到控制室的通道，把自己介绍给飞船乘员。

他们并不吃惊，这倒让他大感困惑。他原本知道超主喜怒不形于色，但还是期待能获得某种反应。但什么反应也没有，他们继续做他们的事，看大屏幕、捣鼓操控台上无数的键钮。就是在那时，他看见大屏幕上闪现的星球一次比一次大，才知道他们正在降落，但感觉不到任何移动或者加速，引力十分稳定，他判断这引力大概只有地球上的五分之一。推动飞船的巨大力量被十分精确地抵消掉了。

继而，三个超主一齐从座位上站了起来，看得出旅行就此结束。他们没对这位乘客说一句话，互相间也没说什么，其中一个朝他招手让他跟上他们，扬这时才恍然大悟：他早该想到在卡列伦那长长补给线的这一端，很可能没有一个人能听懂英语。

大门在他急切目光的注视下拉开，他们在注视着他，一脸严肃。这是他生命中的辉煌时刻：他是第一个看到这个被另一个太阳照耀的世界的地球人。NGS 549672上唯一的光射入飞船，超主的星球就在眼前。

他期待着什么？他说不清楚。巨大的建筑、座座高塔直冲霄汉的大城市、各种超乎想象的机器——这些并不能让他感到惊奇。可他看到的，却是一片毫无特色的平地，地平线离得很近，很不自然，打破这个线条的是另外三艘超主的飞船，距离也只有几公里。

瞬间，扬感到一阵失望。接着他耸了耸肩膀，觉得这倒合理，太空港就该建在这种偏远无人的地方。

这里有点儿冷，但也不是冷得受不了。又大又红的太阳低低靠着地平线，它的光线对人眼来说算是充足。扬想，也许不久自己就要怀念绿色和蓝色了。然后，他看到了那个巨大的、极薄的月牙，像一张大弓一样挂在太阳旁边。他注视了很久，才发现自己的旅程尚未结束。那才是超主的世界，而这里应该只是它的卫星，只是飞船起降的基地。

他们把他带到一条跟地球上的飞机差不多的飞船上。他觉得自己就像个俾格米小侏儒，爬上巨大的座椅，努力透过观察窗看着正在接近的星球。

这段旅程很短，星球在下面展开，但他来不及看清太多细节。快到家了，超主动用了某种星际动力，让他们在转瞬之间便穿进了厚厚的、被云朵裹住的大气层。舱门开启，他们走进一个拱状舱室，头顶没有任何入口的痕迹，可能他们刚一进入，屋顶就随后合上了。

扬在这幢建筑里整整待了两天。他是个意外之物，没别的地方安置他。更糟糕的是，这里没有一位超主懂英语，交流全无可能，扬痛苦地发现，跟外星人打交道完全不像小说里描写的那么简单。手语依靠的是手势、表情和肢体姿势，而超主对它们的理解和人类毫不相同。

要是会说他的语言的超主全都去了地球，那就更麻烦了。扬这样想道。他只能期待，最好有某个科学家，某个研究外星人的专家来管他的事！难道他就那么不重要，谁都懒得搭理吗？

他根本无法走出这幢建筑，根本找不到那扇大门的控制开关在哪儿。超主一走近，它就自动打开。扬也如法炮制，试着举起点儿什么东西来控制开关光束，也试过其他想得出的办法，最后均告失败。他想，石器时代的人要是迷失在现代都市的大楼里，应该也是这般无助吧。有一次，他尝试跟在一个超主身后出去，立刻被轻声嘘了回来。他怕惹恼他的主人，没敢再坚持下去。

在扬快要绝望的时候，温达腾来了。这位超主的英语说得很糟，语速又快，但他的进步却颇为神速。过了几天，他们就尽可以谈论任何不涉及专业词汇的话题了。一旦温达腾接管了他的事，扬也就不怕了。但他并没有机会做他想做的事情，全部时间都用在跟一些超主科学家会面上了，他们急于用各种复杂的仪器做一项项莫名其妙的测试。扬很害怕那些仪器，他被一个类似催眠机之类的东西测过以后，一连好几个小时都头疼欲裂。他十分愿意配合，但不知道这些专家是否发现他无论脑力还是体力都有局限。他花了很长时间才让他们明白，自己每隔一定的时间都要睡觉。

在这种调查的间歇，他得以短时间窥见一下市容市貌，发现要是他在这里转上一圈，实在是既困难又危险。街道实际上是不存在的，也没有地面交通。这里是飞行生物的天下，是不惧引力者的家园。一会儿是毫无预警地突然置身于几百米落差的沟壑边沿，令人眩晕，一转眼又看到房子的唯一入口却是高高开在墙上的一个洞，林林总总，让扬觉得这个有翅膀的种族在心理上与地球上的动物有着本质的区别。

看着超主们像大鸟一样，缓慢而有力地摆动那巨大的羽翼，穿梭在他们城市的高塔之间，扬觉得奇怪，也发现了一个科学疑点。这是一个较大的行星，比地球要大，但它的引力较低，可为什么它的大气密度这么大呢？他问过温达腾后发现自己差不多猜对了，这并不是超主原来的星球。他们原在另一个小得多的星球上进化成型，然后征服了这个星球，改变了它的大气和重力。

超主的建筑黯淡无华，只强调功能性。扬没见到任何装饰物，上面没有任何不具备功用的东西，尽管他理解不了它们的用途。一个中世纪的人见到这红光遍布的城市和里面来来往往的生物，必定认为自己来到了地狱。就连扬这个既好奇又具有科学洞见的人，也时常感到自己濒临一种无法解释的恐惧。当周围没有任何熟悉的参照物时，再冷静、再有智慧的头脑也会彻底垮掉。

有许多东西他无法理解，温达腾不能，或者不想给他解释。当空划过一道道闪光，不断改变着形状，快得让他几乎察觉不到，这究竟是什么？是一种巨大的令人生畏的实物，或者是什么花里胡哨、无关紧要的东西，就像往日那些百老汇的霓虹标志？

扬同时意识到，超主的世界里充满各种声音，只是他无法听到。偶尔他能捕捉到声谱中的某种复杂节奏，起起伏伏，太高或者太低时就消失在了听觉范围以外。温达腾看来不能理解扬所说的音乐是什么东西，所以也不能把这个问题解释得让扬满意。

城市不太大，肯定要比全盛期的伦敦或者纽约小得多。按温达腾的话说，整个星球有几千座这样的城市，每座城市都有特定的用途。地球上或许只有大学城与之相仿，只不过这里的专项化程度更高。扬很快发现，这一整座城市都是专门研究各种外星文化的。

扬离开光秃秃的单人房的最初几次外出时，温达腾带他去过一次博物馆。置身于这样一个他完全理解其功能的场所，让扬得到了巨大的心理满足。除了规模不同，这座博物馆跟地球上的一模一样。他们花了好长时间才到那儿，稳稳地降落在一个巨大的平台上，那平台就像一个活塞，在一个不知有多长的气缸里面垂直运动。看不见任何控制按钮，开始加速和下降停止都能清楚感觉到。看来超主没有把引力场抵偿装置浪费在日常方面。扬怀疑整个世界的内部都是这样一个个的深洞——为什么他们要限制城市的大小，不是向外扩展，而是向下打洞呢？这又是一个无法解开的谜。

就算花上一辈子也看不完那些巨大的展厅。那里到处是从各个星球带回来的战利品，一种又一种文明的发展成果，多得超乎扬的想象，只可惜没有时间多看。温达腾小心地把他放到乍看像某种装饰的条状地板上，但扬想起来这里是没有任何装饰物的，就在这时，一个看不见的东西轻轻抓住了他，推着他前进。他以每小时二三十公里的速度经过一个个巨大的展柜和一个个不可思议世界的全景图。

用这样的方法看展馆完全不会疲劳，任何人都不用走路了。

又走了几公里，扬的引路人又抓起他来，巨翅猛地一扇，一下子把他带出了驱动他们前行的莫名之力。面前是一个半空的大厅，充溢着熟悉的光线，自从离开地球后他还是第一次见到这样的光。那光很弱，不会刺激超主那敏感的眼睛，但那无疑就是太阳光。他不能相信如此简单、平凡的东西竟能唤起他心中的怀念之情。

不错，这正是地球展厅。他们走了几米，走过一个美丽的巴黎模型，走过一个东拼西凑的几千年的艺术珍品组合，又走过现代计算机和旧石器时代的斧子、电视机和亚历山大的希罗发明的汽轮机。接着，一道大门在面前打开，他们走进了地球展厅主管的办公室。

这是他第一次见到一个真正的人类吗？扬想知道。他去过地球吗，还是像其他归他管辖的星球那样，他根本就不知道它们在哪儿？他自然既说不了，也听不懂英语，温达腾不得不为他们当翻译。

扬在这儿待了几个钟头，超主们在他面前展示地球上的各种东西，让他对着录音装置说话。很多东西他都不认识，让他觉得丢人。他对自己同类及其成就非常无知。超主凭借他们的超凡智力，是不是能够真正掌握人类文明的全部内容呢？

温达腾带他沿另一条路线离开博物馆。他们又在巨大的拱状走廊里毫不费力地漂游起来，不过这次，他们看到的不是心智的作品，而是大自然的创造。扬想到了萨利文，就是让他拿命换，他也会愿意来这儿，看看这上百个世界上进化造就的奇迹。不过他想到，萨利文或许已经死了。

突然间，他们进入了一个画廊，它高高落在一个直径大概有一百米的圆形大厅之上。跟别的地方一样，这儿也没有防护栏，扬迟疑着不敢靠近边沿。不过，温达腾站在最边上，平静地望着下面，扬也就小心移步，跟在他身后。

下面不过二十米就是地板，这算很近很近了。后来，扬才明白他的向导并不想吓唬他，反倒被他的反应吓了一跳。当时扬大叫一声，往后一跳离开画廊的边沿，本能地躲着下面的东西。直到那呼喊的回声在稀薄的空气中散尽，他才敢再往前走。

它不是活的，当然不是，但他看到它第一眼时可不这么想，他给吓坏了。它在直勾勾向上盯着他，几乎占据了整个圆形大厅，水晶般剔透的深底里游移着红宝石色的光彩。

那是一只大大的眼睛。

“你为什么弄出那种声音来？”温达腾问道。

“我被吓着了。”扬怯生生地承认说。

“为什么？你没有想到过这里不可能有什么危险吗？”

扬不知自己能不能解释清楚什么是反射作用，也就作罢。

“任何完全出乎意料的东西都会让人惊吓。在没有弄清一个新情况之前，做最坏打算才最安全。”

他再次往下看那只大眼睛时，心还在怦怦跳个不停。它可能是个放大的模型，就像地球博物馆里那些微生物和昆虫一样。提出这个问题后，扬也就清楚了，觉得有点儿恶心——这东西原来实际上就这么大。

温达腾无法向他详细介绍这种生物，这不属于他的知识范畴，他也不太感兴趣。凭这位超主的描述，扬勾画出一个独眼怪物的形象，它生活在某个遥远恒星的陨星群中，它的生长不受引力的限制，靠它那只独眼的视觉范围和分辨力来捕食为生。

看来，只要有所需求，自然无不效劳，她的能力无穷无尽，但其中的有些事情是超主并不会去尝试的，发现这一点让扬感到一种非理性的快意。超主们可以把一条全尺寸的鲸鱼从地球运过来，但他们在这儿划了一条界限，就此而止。

他该向上面升去了，不停地上升，直到电梯的墙壁黯淡下去，由蛋白色变成了晶莹透明的。他站在那儿，不倚不靠，站在城市中高耸的塔峰之间，没有任何东西保护他不掉进深渊。但他不再像有人乘飞机那样感到晕眩，地面相隔遥远，无法触及。

他飞上云端，与一根根铁或石头做成的塔尖共享整个天空。这是一片玫瑰红色的海洋，片片云层在他身下慵懒地打着卷儿。两个苍白而瘦小的月亮挂在天上，不远处是一颗昏沉沉的太阳。在它臃肿的红色盘面的中心附近有一片暗影，很圆，可能是一粒太阳黑子，或者是一颗经过的卫星。

扬的目光沿着地平线慢慢移动着。层云组成华盖，遮住了这个巨大星球的边缘，但在无法猜测到底有多远的地方，有一块杂色的斑点，可能是另一座城市的高塔。他向那里注视了很久，然后才继续观察别处。

他转了半圈身子，便看见了大山。大山并不在地平线上，而是比那更远，那是一座锯齿状的孤峰，高高攀上世界之顶，较低的山坡藏匿起来，就像水面之下隐蔽的巨型冰山。他想弄清那山的大小，但徒劳无功。在引力如此之低的星球上，很难想象会有这样的高山。他好奇地想，超主们会在山坡上运动嬉戏，像鹰隼那样掠着高耸的岩壁飞翔吗？

这时，山开始慢慢变化。他刚开始看时，它呈现出一种呆板而不祥的红色，靠近峰顶的地方有些模糊的斑纹，无法分辨清楚。他定睛仔细看，才发现它们正在移动……

一开始他不相信自己的眼睛，他努力说服自己：先入为主的成见在这里毫无用处，不能让头脑拒绝任何感知到的信息。

他不应试图理解，只应该观察，理解是以后的事情，也许什么也理解不了。

那座山——既然没有别的词，他还是把它称作一座山——好像是活的。他想起那只藏在拱顶下的眼睛，不，这不可能。他看见的不是一个有机的生命，甚至他怀疑，那也不是他所了解的任何物质。

暗红色变亮，变成一种怒火般的色调，现出一道道黄色的条纹，扬觉得那是一座火山在向下面的大地喷出一股股熔岩。不过，凭着那些偶尔出现的斑点判断，那些条纹是从下往上流的。

现在，又有什么东西从围绕大山的红宝石色云朵间升了起来。那是一个巨大的圆环，与地平线一样平展，非常圆，颜色绝美，那是一种扬已经远远背离的颜色，地球的天空也没有这种可爱的蓝色。在超主的世界他也从未见过这种色调，这唤起了心中的渴望和寂寞之情，让他的喉咙一阵哽咽。

圆环一路上升，不断扩展着。它已经超过了山的高度，靠近的圆弧朝他这里快速扫了过来。扬想，那一定是某种涡流，一个直径达几公里的烟雾环。但它不像他预料的那样转动，尽管体积在增大，它并没有变薄变散，看上去还是一样坚实。

它的影子先期到来，匆匆而过，很久以后圆环本体才庄严降临，扫过他的头顶，同时不断升高。他一直注视着它，直到它变得像一根细细的蓝线，在周围红色的天空中难以辨认。当它终于消失时，直径可能已经足足有几千公里，而且还在继续长大。

他回头再去看那大山。山现在是金色的，全无任何斑点。也许，一切都出自他的想象——现在他什么都肯相信了——但山更高、更窄了，像旋风中的漏斗一样旋转起来。一时间他傻傻地站在那儿，整个脑子都僵住了，直到这会儿，他才想起了照相机，便将它举起，对准那令人震惊的谜一样的图景。

温达腾闪身挡住了他的视线。两只大手不容置疑地遮住镜头，逼着他放下照相机。扬没有坚持，何况坚持也没用，但突然之间，那个远在天边的东西让他感到极端的恐惧，再也不想跟它搅和在一起了。

旅行中，超主们从不阻止他拍这拍那，对这次例外，温达腾也不作解释。他倒花了不少时间听扬仔细描述他的所见。这时扬才发现温达腾跟他所看到的东西全然不同，因此，他头一次开始怀疑超主也有自己的主人。

现在他回家了，所有奇景、所有恐惧和神秘都留在了身后。他乘坐的是同一条飞船，这他可以肯定，不过不是同一批乘员。不管超主能活多久，大概他们都不愿意离开自己的家，把几十年的生命花费在漫漫的星际旅行上。

当然，相对论的时间膨胀效应是双向的。超主走一个来回可能只用四个月，但他们回家时自己的朋友已经老了八十岁。

如果愿意的话，扬无疑可以留在那里度过余生。但温达腾提醒说，几年内都不会再有飞船去地球了，建议他利用这次机会。大概超主们觉得尽管时间不长，可他的脑力已几乎支撑不住，又或者他们觉得他讨厌，不想把时间花在他身上了。

这些现在都已无关紧要，地球已近在眼前。这个场景他见过上百次，但都是通过遥远的摄像机镜头看见的。现在，他终于亲自登上了太空，他的梦想拉开了最后的一幕，下面是那沿着永恒轨道转动着的地球。

那巨大的蓝绿色月牙只是它的四分之一，大半个可见部分还处于黑暗之中，只有很少几片云朵沿着信风带飘散。北极冰帽闪闪发光，但远远不及北太平洋反射的阳光刺眼。

有人或许会以为这是一个水的世界：整个半球几乎没有陆地，唯一能看见的是澳大利亚大陆，那是在大气阴霾中地球边缘上的一块暗色的雾霭。

飞船朝地球那巨大的锥形阴影部分飞去，明亮的月牙缩小了，缩成一张燃烧着的弓，闪烁片刻便消失掉了。下面是一片黑色的夜，世界在沉睡。

接着，扬发觉了不对劲。下面是陆地，可是那珠链般闪亮的灯火哪儿去了？光彩焕发的人类城市哪儿去了？处在阴影中的整个半球没有一星一点的光亮，那数以百万千瓦计的灯火呢？它们一度如天上繁星般密布，现在却消失得毫无踪影。他望着下面，就像望着一个人类还未出现之前的地球。

他脑子里想象的还乡绝不是这个样子。什么也做不了，他只能这么看着，一阵莫名的恐惧感袭上心头。一定发生了什么事，什么超乎想象的事。飞船在降落，着意兜了一个长长的圈子，又一次进入了阳光照耀的半球。他看不到实际的降落过程，地球的图像一闪而去，代之以毫无意义的线条和光亮组成的图形。等图像再次出现时，他们已经着陆了。远处是一座座高大的建筑，机器绕着它们运行，一群超主正在看着他们。

当飞船进行压力平衡时，不知哪里传来一阵空气发出的闷声啸叫，然后是大门打开的声音。他再也等不及了，几个沉默的巨人宽容或是漠然地看着他跑出了控制室。

他到家了，又一次看见了自己熟悉的太阳，呼吸着洗涤他肺部的空气。舷梯已经落了下来，他等待片刻，让眼睛习惯一下外面刺目的阳光。

卡列伦站在那儿，稍稍离开他的同僚，站在一个装满箱子的大货车旁边。扬一眼就认出了监理人，看出在这些年后，他依然毫无变化，而扬并不为此感到吃惊。这倒是唯一一件在他预料之中的事情。

“我一直在等你。”卡列伦说。

23

“在早些时候，”卡列伦说，“我们可以很安全地去他们中间，但他们不再需要我们了。我们的工作完成了，应该把他们集中在一起，给他们一块属于他们自己的大陆。看吧。”

扬面前的墙壁消失了，此时他正站在几百米高的地方，望着下面一片令人愉悦的林木之国。幻象十分完美，令他一时不由得头晕眼花。

“第二个阶段开始时，就是五年以后了。”

下面有人影在活动，镜头像猎食的鸟儿一样俯冲下去，对准他们。

“这会让你感到难过，”卡列伦说，“不过要记住，你的标准已经不起作用了。你看见的这些不是人类的孩子。”

但扬的大脑里这种直接印象占据了首位，任何逻辑也无法驱散。他们就像一群原始野人，跳着某种复杂的祭典之舞。他们赤身裸体，污秽不堪，乱蓬蓬的头发遮住了眼睛。就扬看来，他们的年龄在5到15岁之间，以同样的速度，同样精准的动作移动着，对周围环境完全漠然。

然后，扬看见了他们的脸。他咽了口唾沫，强忍着没有转过身去。那些脸比死人还要空洞，因为即使是尸体，脸上也会留有某些岁月的痕迹，为那张永远合上的嘴巴代言。而这些脸上的情感或知觉，并不比蛇或昆虫脸上的多。与之相比，超主都更接近人类。

“你要找的东西已经没有了。”卡列伦说，“别忘了，他们没有个性，就跟你身上的细胞一样。但是，如果相互联系起来，他们就比你强大。”

“他们为什么这样不停移动？”

“我们称其为长舞，”卡列伦回答，“他们从不睡觉，这已经持续了将近一年。他们一共有三亿，按照某种规定的图形在整个大陆上移动。我们不断分析这个图形，但它没有任何意义，也许我们只看见了它有形的一面，在地球这儿它只有一小部分。也许我们所称的超智还在训练他们，把他们塑造成一个个体，然后它就可以把他们吸入自己的生命中。”

“可他们要怎么吃东西呢？如果他们遇到障碍，比如大树、悬崖、水什么的，怎么办？”

“水不成问题，他们不会淹死。他们遇到障碍时，有时候会伤了自己，但他们从不注意。食物也没有问题，到处都有他们需要的水果和野味。但现在他们已经没有这种需求了，就像他们不需要许多别的东西一样。食物主要是一种能量来源，他们已经学会利用更重要的能源了。”

图像闪了一下，似乎有股热雾从上面划过。当它再度清晰后，下面的舞蹈停止了。

“再来看看，”卡列伦说，“这是三年以后。”

那些小小的人形站在森林里、沼泽地和平原上，如果不知道真相，一定会觉得他们十分无助，十分可怜。摄像机不停地从一个移到另一个，扬已经看出他们的脸在合并成一个相同的模样。他曾见过用几十张照片相重叠获得一个“平均化”的脸，结果就跟这些面孔一样空洞僵硬、毫无特性。

他们似睡非睡，神志恍惚，眼睛紧闭着，就像他们头顶上的大树，对周围毫无知觉。扬在想，他们的头脑几乎成了一大块编织毯上的一根根单独的线，在这复杂的网络中到底贯穿着怎样一种思想？他现在发现，这块毯子盖着许多个世界，许多族类，而且还在不断变大。

转瞬间的变化令人头晕眼花。扬先是看见下面是一片繁茂之地，一切都很正常，除了那里不无规律地点缀着无数小小的雕像，遍及四野。然后，此间的所有花草树木和活物倏忽而逝，统统消失。留下的只有平静的湖水，弯曲的小河和被剥去绿色植被的褐色山丘，还有那些沉静、漠然地制造了这场毁灭的一个个人形。

“他们为什么这么做？”扬深吸了一口气。

“也许其他思想的存在惊扰了他们，甚至植物或动物那种初级的思想也会造成干扰。我们相信，有一天他们会发现物质世界也一样让他们分心。谁知道那时候会发生什么。现在你明白为什么我们完成了任务就撤离了。我们还会继续研究他们，但永远不会进入他们的领地，甚至不会在那儿放置器械。我们敢做的也就是从太空观察他们。”

“这是很多年以前了，”扬说，“可后来发生了什么事情？”

“很少发生什么。这段时间里他们不再活动了，也不在意白天还是晚上，夏天还是冬天。他们还在尝试自己的力量；有些河流改了道，还有些从下往上流到了山上。不过他们没做过任何看起来有目的的事。”

“他们完全不理会你们？”

“是的，这倒没什么好奇怪的。他们成了超智的一部分，这个实体了解我们的一切。看来它也不在意我们研究它。如果它希望我们离开，或者别处有任务需要我们完成，它就会明确表示出这种愿望。在这之前，我们还留在这里，让我们的科学家多搜集些知识。”

这就是人类的终结。扬伤感地想，但也十分无奈。没有任何预言家预见到这种结局，既不乐观，也不悲观。

但这个结局也倒合适，表现出一件伟大艺术作品崇高的必然性。扬看到了广阔无垠的宇宙，明白了那里不是人类待的地方。想来想去，他终于发现那诱使自己前往星空的梦想是多么空虚，多么徒劳无益。

通向星空之路朝两个方向岔开，没有一条能到达可以解释人类的希望或恐惧的终点。

在一条路的尽头是超主。他们保持了他们的个性，他们的独立自我。他们具有自我意识，“我”这个代名词在他们的语言里有实际的意义。他们有各种情感，其中有些是人类也拥有的。但是，他们被困住了，扬现在清楚了，他们困在了永远逃不出的死胡同里。他们的头脑比人类强大十倍，甚至百倍，但最后的结局没什么两样。他们也一样无助，一样无法理解那极端复杂的、拥有千亿个太阳的星系，以及拥有千亿个这样星系的宇宙。

另一条路的尽头是什么？是超智，不管它到底身为何物，它跟人类的关系就像人类跟变形虫的关系。它的潜力无限，超越了死亡，它在星际中不断扩展，吸收了一个又一个族类，这到底已经有多久了？它也有欲望，也隐隐有个无法达到的目标吗？现在它已经把人类取得的所有成就都据为己有，这不是悲剧，而是完成。数十亿短促的意识火花构成的人类只不过就像黑夜里的萤火虫，但他们并没有虚度光阴。

扬知道，最后的一幕还没有到来。它可能明天发生，也可能要等几个世纪。就连超主也不能肯定。

现在他理解了他们的意图，了解他们对人类所做的事情，明白他们为何仍然逗留在地球上。面对他们，扬感到自己十分卑微，他们在地球等待如此之久，其坚韧的毅力让他肃然起敬。

超智与它的仆从之间那种奇怪的依存关系，他并不完全了解。据拉沙维拉克说，他们族类有史以来就有超智的存在，直到他们进入科学文明，能够漫游太空以后，超智才把他们派上用场，去执行它的指令。

“它为什么需要你们呢？”扬问，“它的能力无边，完全可以想干什么就干什么。”

“不，”拉沙维拉克说，“它也有局限。我们知道，过去它尝试过直接作用那些族类的大脑，影响他们的文化发展，但总是失败。也许是因为力量太强了。我们是中间人，是守护者。或者用你们的比喻，叫作我们耕地播种，等到作物成熟，超智就来收获，我们再去完成另一个任务。这是我们守望的第五十个民族，我们看着他们升华完成。每次都多了解一点超智。”

“你们被超智当成工具，从不怀恨在心？”

“这种安排也有好处，再说，智慧者从不会去怀恨不可避免的事情。”

这种解释从来没有被人类全盘接受。扬悻悻地想，有些东西是超乎逻辑的，超主永远理解不了。

“这真奇怪，”扬说道，“超智选择你们干这件事，可你们又没有人类潜在的心理感应力，它是怎么跟你们联系，怎么表达意愿的呢？”

“这个问题我不能回答，也不能告诉你为什么对你隐瞒事实。或许有一天你能了解某些真相。”

扬一时感到有些困惑，但他知道追问下去也无济于事。他该换个话题，等以后再寻找线索。

“那就说说别的吧，”他说，“那些你从未解释的。你们的族类很久以前刚来地球的时候，出了什么事，让人类把你们当成恐惧和邪恶的化身？”

拉沙维拉克笑了。他笑起来不像卡列伦那么自然，但模仿得也很不错。

“任何人也猜不到，你现在该知道为什么我们不能告诉你们了。只有一件事情能对人类造成如此影响，但这件事情并不发生在历史的萌芽时期，而是在它最后的尽头。”

“这是什么意思？”扬问道。

“一个半世纪前，我们的飞船进入你们的天空，那是两个族类的第一次相遇，当然，我们已经远远地对你们做过观察研究。你们感到害怕，认出了我们，我们知道你们会这样。这算不上是一种严格意义上的记忆。你自己也得到了证实，知道时间远比你们的科学设想的更复杂。那个记忆不是过去的记忆，而是将来的记忆，是你们知道一切就要结束的最后几年的记忆。我们尽力而为了，但这场结束并不容易。因为我们在场，我们就跟你们人类的死亡联系在了一起，成了死亡的化身。是的，尽管对你们的祖先来说，这是未来一万年以后才会发生的事情！这就像沿着封闭的时间圆环震荡的回声，从过去到未来，回声已经变形。这不能叫作记忆，应该被称为预感。”

这种看法很难领会，扬绞尽脑汁想了半天。不过他应该有所准备，他也见识过不少因果颠倒的实证。

种族记忆这种东西应该是存在的，这种记忆可能独立于时间之外。对这种记忆来说，过去和将来是同一的。正因如此，几千年前的人类得以透过恐惧的迷雾一窥被扭曲的超主形象。

“现在我理解了。”最后的地球人说。

最后一个地球人！扬无法相信自己成了最后一个人。进入太空时，他就接受了被放逐天涯、远离人类的可能，孤独并没有随之降临。多少年过去以后，渴望见到另一个人的念头可能会越来越强，直到压垮自己，但目前有超主陪在身边，他并未感到十分孤独。

就在短短的十年前，地球上还有人类存在，但那些幸存者都退化了，扬没赶上见到他们，也不觉得有多遗憾。那些孩子离开后，人类就再也没有生育，到底出于什么原因，超主也无法解释，扬怀疑是心理上的问题。人类就此灭绝了。

也许，在哪一座保存完好的城市里留有某位现代吉布[1]写下的手稿，记录了人类的最后时光。就算有，扬也没兴趣读。他想知道的事情，拉沙维拉克已经全都告诉他了。

---

① 指爱德华·吉布（1737—1794），英国历史学家，著有历史教科书《罗马帝国衰亡史》。

那些没有选择自我毁灭的人，用更为狂热的行为麻醉自己，种种激烈的运动方式跟一场小型战争难分上下。人口急剧减少，渐渐老去的幸存者凑到一起，像溃败后集结起来的散兵游勇。

在最后的帷幕落下之前，或许有一道英雄和奉献的光芒照亮了舞台，然后被野蛮和自私的黑暗所遮蔽。一切是在失望中结束的吗，还是听天由命，自甘放弃？扬不得而知。

现在，各种想法占据着他的大脑。离超主的基地一公里的地方有一座被遗弃的别墅，扬花了几个月时间收拾它，从附近三十公里远的镇子上弄来东西布置房间，他跟着拉沙维拉克飞来飞去。扬怀疑拉沙维拉克这样帮忙，并非全无私心——超主心理学家还在研究他这最后一个地球人样本。

小镇在最后一刻到来之前就疏散空了，镇上的房子，甚至很多公共服务设施都是完好的。发电机稍加调弄就能重新启动，足以让宽阔的街巷亮起来，再现生机。扬掂量着这个打算，后来还是放弃了。这么做太矫情、太怪异了，他不愿意干那种缅怀过去的事情。

这里有维持生命所需的任何东西，但他最想要的是一台电子琴和巴赫的曲谱。他喜欢音乐，却一直苦于没有时间，而现在他可以全心投入了。不弹琴的时候，他就播放那些著名的交响乐和协奏曲录音听，整个别墅也就不会显得太清静了。音乐成了他趋避孤独的护身符，但孤独总有一天会征服他。

他也经常去山上散步，想着自己离开地球后几个月来发生的一切。他跟萨利文说再见的时候，也就是地球上的八十年前，无论如何也没有想到最后一代地球人已在子宫中开始孕育。

那时候他多年轻，又多傻啊！但他也说不上为自己的行为后悔。要是他留在地球上，自然会见证那短短几年发生的一切。现在，帷幕已经拉上，而他却纵身一跃跳了出去，进入了未来，得到了任何人都无从知晓的答案，几乎满足了他的好奇心。只是有时候，他弄不明白超主们为何还在等待，当他们的耐心获得报偿后，还会发生什么事情?

不过，大部分时间他都坐在琴键前，让房间里充满他喜爱的巴赫，就像一个经过漫长而繁忙的生活，终于休闲下来的人一样自得其乐。也许他这是在自我欺骗，也许这是头脑里萌生出来的某种仁慈的把戏，但对扬来说这是一种梦寐以求的生活，他暗藏心底的抱负终于可以在光天化日中亮相。扬的钢琴一直弹得不错，现在他更是全世界钢琴弹得最好的人了。

24

是拉沙维拉克告诉他那个消息的，不过他自己也已猜出个大概。早早被一场噩梦惊醒后，他就再也睡不着了。他记不清梦的内容，只觉得十分奇怪，他本相信刚做完梦的时候只要努力回忆，无论什么梦都能够回忆起来。他记得梦里自己又变成了小孩子，站在空荡荡的平原上，听到一个洪亮的嗓音，用他听不懂的语言呼喊着。这梦境让他感到不安，不知道这是不是初次来袭的孤独感在大脑中的反应。心绪烦乱之中，他走出别墅，来到屋外那片疏于照管的草坪上。

满月洒下一片金光，周围的景致沐浴其中，清晰可见。卡列伦飞船的巨大圆柱高高竖立在超主基地后面，让这些房子矮了不少，看上去像人类建筑的尺寸。扬看着飞船，回味着第一次看见它时心中涌出的感觉。曾几何时，它是那样难以企及，现在它什么都算不上了。

多么安静啊！超主们一定跟平常一样活跃，只是看不见他们的影子。他可能是一个人在地球上——的确，他这是真正意义上的孤身一人。他抬头望着月亮，在上面寻找着自己熟悉的印记，让思绪平静下来。

他对那上面一个个古老的海洋记忆犹新。他到过距离四十光年的太空，却从未涉足过那些距离仅仅两光秒的平静而多尘的平原。他随意在上面寻找着第谷环形山，找到它的时候，困惑地发现这块光斑离月盘中线的距离比他想象的要远，接着他发现那片代表危海的椭圆形暗影整个消失了。

自从地球有了生命之日起，这颗卫星一直面对着她，可现在这张脸孔已经变了——月球开始沿着自己轴心运转。

这只说明一件事情。在地球的另一面，在那块被他们突然剥去了生命的土地上，他们正从漫长的迷蒙状态中苏醒过来。就好像睡醒的孩子伸展胳膊迎接一天的到来那样，他们活动着肌肉和筋骨，尝试着刚刚拥有的能力。

“你猜对了，”拉沙维拉克说，“这里不安全，我们不能再待下去了。他们可能不会在意我们，但我们不能冒这个险。

两三个小时之内，把你那些仪器都好好装上船，我们就立刻离开。”

他望着天空，似乎害怕再有什么新的奇迹闪现。但一切都很平静：月亮落下去了，只有高高的几片云朵追逐着西风。

“他们这么鼓捣月球倒也没什么，”拉沙维拉克说，“可要是他们也对太阳下手呢？所以，我们得留下监控设备，好知道发生了什么事。”

“我要留下。”扬突然说，“我已经看够了宇宙。现在让我好奇的只有一件事，那就是我自己的星球最后的命运如何。”

脚下的大地轻轻颤动起来。

“我期待着这一刻，”扬接着说，“如果他们改变了月球的旋转规律，角动量会释放到某个地方去。因此，地球转动变慢了。真不明白他们是怎么做到的，为什么要这么做。”

“他们是在玩耍，”拉沙维拉克说，“小孩子做的事情能讲出什么逻辑？你们人类所成为的这个实体现在还是孩子，它还没准备好跟超智结合。不过也快了，那时你就独占整个地球了——”

他的话没有说完，最后一句扬替他说了。

“——假如那时地球还存在的话。”

“你明知有这种危险，还要留在这儿？”

“是的。我回家已经五六年了吧？对发生的一切，我并不抱怨。”

“我们也希望你自己想留下来，”拉沙维拉克缓慢地说，“你能替我们做些事情……”

星际驱动的光芒渐弱，消失在火星轨道之外。扬回想着自己曾沿着这条路旅行，是地球上生死过往的好几十亿人中唯一的一个。不会有人再次完成这样的旅行了。

世界是他一个人的。他所需要的一切——任何人所希望拥有的物质财富都归他所有，任意支配。但他对此已毫无兴趣。他既不害怕在这个被抛弃的星球上独处，也不害怕那个存在物，它在即将动身寻找那些未知遗产之前仍逗留在此。它的这次离去将带来无法想象的巨大作用力，让扬不能指望他和他的那些问题能够幸免，长久留存下来。

那样也好。他已经做完他想做的事，就这么在这空荡荡的世界上苟活下去，实在有些虎头蛇尾，让他无法忍受。他可以跟超主一起离开，但那样做目的何在？他比任何人都更理解卡列伦说过的一句话，它道出了真相：“恒星不适合人类。”

他转过身，朝超主基地的巨大入口走去。这入口的尺寸对他而言已经全无所谓了，单凭形体巨大这一点已经不会对他的思想造成任何影响。基地里亮着红色的光，内在的能量足以让这些灯光亮上很多年。入口两侧是超主撤退时留下的机器，不知其秘密何在。他经过它们，笨手笨脚地爬上巨大的台阶，上了控制室。

超主的灵魂还在这里游荡，他们的一台台机器还在工作，执行着早已远走高飞的主人们的指令。扬琢磨着，它们已经把各种信息传向太空，自己哪里还能做什么补充呢。

爬上那只大大的椅子，他让自己尽量舒服些。扩音器已经开启，正在等着他，肯定有一种类似电视摄像机的东西在监视他，只是不知藏在何处。

在控制台和它那些不明用途的工具面板后面，是一扇宽大的观察窗，望向繁星之夜和凸月下沉睡的山谷，望向远处的山脉。一条河流切入山谷，月光照在湍急的水流上，这里或是那里泛出片片粼光。一切都是这样平和，就像人类诞生之时，却也恰似它的终结之日。

数百万公里之外的太空中，卡列伦大概正在等待。想来很奇怪，那飞船驶离地球的速度极快，电波讯号几乎无法追赶上它。几乎，但也不是完全赶不上，只是追逐的时间延长了，他的话会最终抵达监理人那儿，他也就报答了所欠下的人情。

扬想弄清楚的是，哪些事情是卡列伦计划好的，而哪些则属于高超的即兴之作？监理人是否有意让他逃离地球，在将近一个世纪前进入了太空，好让他最后回来，扮演现在这个角色？不，这也太荒谬了。不过，扬现在可以肯定卡列伦一定参与了某种巨大而复杂的密谋。甚至在为超智服务的时候，他也在调遣各种仪器观察研究它。扬怀疑超主这样做的理由不仅只是科学上的好奇，或许他们梦想着有朝一日摸清他们所侍奉的力量，最后逃脱这种非同寻常的束缚。

扬现在所做的事情很难让人相信会对超主的知识有所帮助。“告诉我们你看见了什么，”拉沙维拉克这么说过，“你眼睛里看见的图像会被我们的摄像机复制，但传达到你脑子里的信息可能完全不同，这些信息对我们很有帮助。”好吧，他要尽他所能做好这件事。

“暂时没有什么可报告的，”他说，“几分钟前我看见你们飞船的轨迹在天上消失了。月亮刚过了满月，熟悉的那一面几乎有半个转过去了，我想你们已经知道了。”

扬停顿了一下，觉得自己有点儿蠢。他现在做的事情让他觉得不合时宜，甚至有些荒谬。现在正是整个历史的高潮时期，他应该是那种面对短跑赛道或拳击场的一名解说员才对。接着，他耸了耸肩膀，把这个想法放到一边。他认为，任何一个伟大的时刻都有陈规陋习相伴，他自己独自一人感知着它的存在。

“前一个小时里有三次轻微的地震，”他继续说，“它们在控制地球的旋转，力量非常大，但不是无懈可击……你知道，卡列伦，我发现我能说的，你的仪器也都已经告诉你了。也许你最好给我一些提示，告诉我该注意什么，告诉我该等多久。如果什么事情也不会发生，我就按原来的安排，六小时后再报告——

“喂！它们也许一直等着你们离开呢。有动静了。星星变暗了。好像飘来一大片乌云，很快，遮住了整个天空。但那并不是乌云，它有纹路，带着模糊的网状线条和带子，改变着它们的位置。整个儿就好像星星被一张可怕的蜘蛛网缠住了。

“整个网状结构开始发光，随着光脉动，好像它是活的一样。我觉得它是活的，或者它超越了生命，像超越了无机世界的那些生命一样。

“光亮似乎朝天空的某个部分转移——等等，我换到另一扇窗户去看看。

“对，我猜就是这样。有根燃烧的柱子，就像着了火的大树一样，从西面的地平线上升了起来。很远，在地球的另一面。我知道它是从哪儿来的了——它们终于上路了，变成了超智的一部分。它们的考验期结束了：它们把最后的物质残余留在身后。

“火焰从地面向天空燃烧，我看见那张网变得更结实，更清晰。某些地方看上去密得几乎没有空隙了，但里面还有星星在微微闪烁。

“我刚察觉到。它不是完全一样的，卡列伦，但我在你们的世界见到的那个飞起来的东西跟这个很像。它是超智的一部分吗？我觉得你对我隐瞒了什么，好让我不至于先入为主，观察起来不带偏见。我希望能看见你的摄像机展示给你的东西，好拿它跟我的大脑对所见之物的想象比对一下！

“它是这样跟你说话的吗，卡列伦？用颜色和图形表示的？我想起了你飞船上的控制屏幕上那些图形，它是用一种你可以用眼睛读取的可见语言跟你说话的吗？

“现在它就像极光那种帘幕，在繁星之间跳动、闪耀。哦，我可以肯定，它完全就是一场巨大的极光风暴。地面的景物被照得比白昼还要亮，红色、金色和绿色在天上互相追逐，真是无以言表，只有我一个人看到，真有点儿不公平。我从没想到过会有这种颜色——

“风暴平息了，但那巨大的迷雾之网还在。我觉得极光只是一种副产品，是那种能量在太空前沿释放的结果。

“等等！我又有其他发现。我的体重减轻了。这意味着什么？我掉了一支铅笔，它掉得很慢。重力出了问题——来了一股强风，我看见下面山谷里大树的树枝在摇晃。

“还有，大气在逃逸。树枝和石头升上了天，就像大地也要随之进入太空一样。狂风吹起了一大团烟尘。已经无法看清了……也许一会儿能清楚些。

“现在好点儿了。所有可以移动的东西都被一扫而光，那团烟尘消失了。不知这座楼房能存在多久。呼吸也变得困难了——我要试着说慢点儿。

“我又能看清楚了。那根燃烧的大柱子还在那儿，但它缩小了，变细了，像旋风的漏斗，就要钻入云层。还有，哦，实在难以描述，我感到一股强烈的情绪席卷过来，不是喜悦，不是悲哀，是一种圆满实现的感觉，一种成就感。这是我想象出来的，还是从外部来的？我不知道。

“现在——这不可能都是想象——世界全空了，完全空无一物。就像听收音机时电台突然哑掉了一样。天上又变得纯净了，那张雾蒙蒙的大网没有了。它现在去了什么地方，卡列伦？你会再去那个世界侍奉它吗？

“奇怪，我周围的一切毫无变化。不知是为什么，但我想是因为——”

扬停了下来，想说什么又说不出来，然后他闭上眼睛，恢复一下自己的控制力。眼下没时间害怕，不能惊慌失措——他身负要务，要为人类负责，为卡列伦负责。

他像一个刚从梦中醒来的人一样，开始慢慢说起来。

“周围的这些建筑——大地——山脉，所有一切都像玻璃一样透明，可以看穿。大地分解了，我的体重几乎全部消失。你说对了，它们已经不再玩它们的玩具了。

“只有几秒钟了。大山像一缕青烟一般消失了。再见，卡列伦和拉沙维拉克，我为你们感到遗憾。尽管我无法理解我的族类变成了什么，但我亲眼看到了这个变化。我们的所有成就都升入星际之中。也许这就是那些古老的宗教要说明的事情。但是，它们全都错了：他们认为人类十分重要，但我们只是那众多族类之一。你们知道到底有多少吗？现在，我们变成了某种异类，这是你们永远无法企及的。

“河流也不见了，但天空毫无变化。我几乎无法呼吸。月亮仍在那里发光，实在奇怪。我很高兴它们没把它也带走，不过现在它变得孤独了——

“光！来自我的下面——来自地球内部——向上闪耀，穿过岩石，穿过大地，穿过所有一切，更亮，更亮了，亮得炫目——”

在光的无声冲撞中，地核释放了它存蓄的能量。短暂的时间里，重力波一次又一次穿过太阳系，轻微撼动着一颗颗行星的轨道。然后，太阳所剩下的这些孩子继续沿着古老的轨道运行着，恰似石头落入一湖静水，让湖面上的一个个小木塞跟着漾起的波纹轻轻漂动。

地球上没有留下任何东西。它们吸走了它的最后一粒原子。地球养育了它们，让它们渡过了那无以名状的变形中的一个个难关，就像谷粒中储存的养料滋养了嫩苗，让它向着太阳生长。

在冥王星轨道以外的六十亿公里处，卡列伦面前的屏幕突然暗了下去。记录保持完整，任务已经完成，他正返回久别的家园。几个世纪的重量压在他的身上，心中的那种感伤是无法用逻辑思维排遣的。他并不替人类而忧伤，他是为自己的种族而难过，为它被那无法战胜的力量永远摒除在伟大荣耀之外而难过。

尽管他们有那么多成就和功绩，尽管他们熟练掌控着物质的宇宙，卡列伦想，他的人民也不过像一个在积满灰土的平原上生生灭灭的部族。迢遥之外的大山深处蕴藏着力量和美，在那儿，雷电在冰川上驰骋，空气清冷刺骨。太阳信步前行，让山峦幻化得愈加雄伟神奇，而下面的大地却在黑暗中收拢起来。他们只能仰望这神奇的景观，却永远无法攀抵那样的高度。

是的，卡列伦很清楚，他们会坚持到底，会等待自己的命运安排，无论怎样都不会失望。他们要为超智服务，因为他们别无选择，但即便如此，他们也不会丧失自己的灵魂。

巨大的控制屏上瞬间闪过一片暗红色的光：卡列伦毫不费力地读着那变幻着的图形表达的信息。飞船离开了太阳系的边界，星际驱动的能量骤减，但它们已经完成了使命。

卡列伦一抬手，图像又变了，一颗明亮的星星出现在屏幕正中：从这个距离看，谁也无法发现这颗恒星拥有好几颗行星，而且刚刚失去了其中一颗。卡列伦久久凝望着自己与太阳之间的距离越来越远，他那迷宫般深邃而广远的大脑中闪过一个个记忆的画面。这是一场宁静的告别，他向那些他所认识的人致敬，无论他们阻挠过他，还是帮助过他。

谁也不敢去打扰他，或者妨碍他继续沉思，接着，他转过身，而他背后的太阳正渐渐变小。

马上扫二维码，关注“熊猫君”

和千万读者一起成长吧！

图书在版编目（CIP）数据

童年的终结 /（英）克拉克 (Clarke, A. C.) 著；于大卫译 . -- 南京：江苏凤凰文艺出版社，2018.9
（读客外国小说文库）
书名原文：CHILDHOOD´S END
ISBN 978-7-5399-8349-3

Ⅰ . ①童… Ⅱ . ①克… ②于… Ⅲ . ①科学幻想小说 – 英国 – 现代 Ⅳ . ① I561.45

中国版本图书馆 CIP 数据核字 (2015) 第 100670 号

CHILDHOOD´S END © Rocket Publishing, 1953
Simplified Chinese translation copyright © 2018 by Dook Media Group Limited.
This edition published by arrangement with Rocket Publishing Company Ltd c/o David Higham Associates Limited
Through Bardon–Chinese Media Agency
All rights reserved

中文版权 © 2018 读客文化股份有限公司
经授权，读客文化股份有限公司拥有本书的中文（简体）版权
图字：10–2015–011 号

童年的终结

［英］阿瑟 · 克拉克 著　　于大卫 译

责任编辑	丁小卉
特约编辑	徐陈健　王小俊
装帧设计	读客文化　021–33608311
责任印制	刘　巍
出版发行	江苏凤凰文艺出版社
	南京市中央路 165 号，邮编：210009
网　址	http://www.jswenyi.com
印　刷	三河市龙大印装有限公司
开　本	890 × 1270 毫米 1/32
印　张	9.5
字　数	158 千字
版　次	2018 年 9 月第 1 版　2019 年 7 月第 6 次印刷
标准书号	ISBN 978 – 7 – 5399 – 8349 – 3
定　价	42.00 元

江苏凤凰文艺版图书凡印刷、装订错误可随时向承印厂调换